엄마는 커피 우리는 코코아

엄마는 커피 우리는 코코아

엄마는 커피 우리는 코코아

엄마는 커피 우리는 코코아

엄마는 커피 우리는 코코아

엄마는 커피 우리는 코코아

엄마는 커피 우리는 코코아

엄마는 커피 우리는 코코아

엄마는 커피 우리는 코코아

엄마는 커피 우리는 코코아

엄마는 커피 우리는 코코아

이의용 컬러 예화집

도서출판 장락

엄마는 커피 우리는 코코아

초판발행 • 1994년 12월 15일
개정판인쇄 • 1997년 1월 25일
개정1쇄 • 1997년 1월 30일
개정2쇄 • 1997년 2월 28일

지은이 • 이의용
펴낸이 • 서현 유명자
펴낸곳 • 도서출판 장락

본문편집 • 편집부
본문일러스트 • 김천정
표지디자인 • 때깔
전산사식 • 나아기획
인쇄 • 미진컬러
제본 • 우성제본

등록번호 • 제21-251호
등록일자 • 1991년 7월 25일

110-290 서울 종로구 인사동 153-3 금좌빌딩 205호
전화(02)735-0307,8 팩스(02)735-0309

값 12,000원

엄마는 커피 우리는 코코아

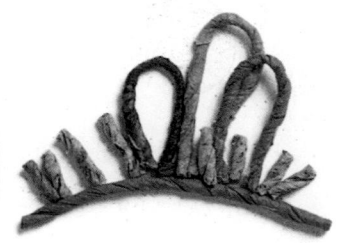

수염이 긴 어느 노인에게 젊은이가 물었다.
"선생님은 주무실 때 수염을 이불 밖에 내놓고 주무십
니까, 아니면 이불 안에 넣고 주무십니까?"
노인은 아무리 생각해도 알 수가 없었다.
그날 저녁 수염을 이불 밖에 내놓아 보기도 하고,
안에 넣어 보기도 했지만
평소 수염을 어떻게 하고서 잠을 자는지 알 수가 없어
노인은 잠만 설쳤다고 한다.
짧지만 무엇인가를 생각하게 해주는 이야기다.
짧아도 사람을 오래오래 감동시키고,
평범해 보여도 두고두고
음미하게 하는 뜻이 깊은 이야기가 있다.
그런 이야기들을 모아
『돈이 보낸 편지』라는 세 권짜리 책을 펴낸 적이 있다.
거기에 실린 이야기 중에서 다시 가려 뽑아
여기에 소개한다.
짧고 쉽고 맑고 깊은 이 이야기들이,
머리만 커지고 가슴 둘레는 점점 좁아진다는 현대인들,
특히 청소년들의 가슴을 촉촉히 적셔 주고
한껏 넓혀 주었으면 한다.

1994년 겨울, 글쓴이

재판 서문

정확한 제목은 잊었지만, 미국에서 『남편이 아내에 관해 알고 있는 모든 것』이라는 책이 나온 적이 있다. 그 책은 표지를 뺀 전체가 백지 상태로 제본이 되어 있다. 세상의 남편들은 아내에 관해 아무것도 알지 못한다는 메시지이리라.

한 대학의 강연회에 김용기 장로와 스님 한 분이 연사로 초청되었다. 김 장로의 강연이 끝나고 스님이 연단에 섰다. "앞 시간의 강의를 들으며 나도 많은 것을 깨달았습니다. 김 장로님 말씀대로 살자는 게 내 강의 요점입니다. 이것으로 강의를 마치겠습니다." 그야말로 명강의였다.

현대인의 머리는 물에 흠뻑 젖은 스펀지 같다. 교통 체증을 일으키는 자동차처럼 수많은 정보와 지식들로 머리 속은 뒤죽박죽이다. 복잡한 터널 안에서는 오토바이나 자전거가 승용차보다 편리하듯, 복잡한 현대인들에게 짧고 뾰족한 메시지가 효과적이다.

짧지만 긴 감동을 전하는 글을 쓰고 싶어서, 좋은 예화들을 모아 재구성하고 다듬고 창작해 보았다. 세상에 나온 지 8년이 다 되어가는 책을 다시 손질하여 독자 앞에 세워 준 도서출판 장락에 감사드린다. 이 책이 독자들에게 늘 긴 기쁨(長樂)을 주었으면 좋겠다.

1997년 정월, 글쓴이

실린 글

1부 아들을 위한 기도

2부 흰 십자가 검은 십자가

3부 마지막 그 한마디

4부 돈이 보낸 편지

5부 해와 달과 바람

엄마는 커피 우리는 코코아

제1부 아들을 위한 기도

아들을 위한 기도

약할 때 강할 줄 알며, 두려울 때 용감할 줄 아는
아들, 솔직한 패배 악에서 당당하고 굽히지 않
으며,
그러나 승리 앞에서 겸손하고 너그러운 아들,
자신의 행동을 자신의 소원으로 바꾸지 않는
아들이 되게 하소서.

그를 편안한 위로의 길로 보내지 마시고
난관과 도전이 있는 긴장과 자극의 한가운데로 보내소서.
거기서 그로 하여금 폭풍의 한복판에 서는 법을
배우게 하시고,
거기서 그로 하여금 실패한 자들을 위한 동정을 배우
게 하소서.

마음이 밝고 목표가 고상한 아들,
남을 다스리기 전에 자신을 다스릴 줄 아는 아들,
웃을 줄 알지만 결코 우는 법도 잊지 않는 아들,
미래를 지향하지만 결코 과거를 잊지 않는
그런 아들이 되게 하소서.

크리스마스와 아이

거리의 쇼윈도는 호화롭게 장식되어 있고,
크리스마스 캐롤이 즐겁게 흘러나오고 있었다.
산타 클로스 할아버지는 길모퉁이에 서서
지나가는 이들을 즐겁게 해주고 있었다.
상점에는 장난감이 많이 진열되어 있어서
어머니는 아들이 퍽 좋아할 것이라고 생각했다.

그런데 한참을 거닐다 보니
아들이 어머니의 코트 자락에 매달려
훌쩍훌쩍 울고 있는 것이었다.
신발 끈이 풀려 있는 것을 발견한 어머니는
무릎을 꿇고 앉아 풀린 신발 끈을 다시 매 주었다.
신발 끈을 다 매고 난 후,
무심코 고개를 든 어머니는 깜짝 놀랐다.

앞엔 아무것도 보이지 않았기 때문이다.
멋있게 반짝이는 불빛도, 쇼윈도도, 장난감도 보이지
않았다.
모든 것이 가려져 아무것도 보이지 않았던 것이다.
굵은 다리와 엉덩이들이 서로 밀고 부딪치면서 바삐
움직이는 흉한 모습만이 눈에 들어오는 것이었다.
다섯 살짜리 아이의 눈높이로는 처음 본 세상이었다.

어머니는 크게 놀라 집으로 돌아오면서,
다시는 자신의 기준을 아이들에게 강요하지 않겠다고
다짐했다.

아버지의 사랑

어느 아름다운 호수에 유람선 한 척이 가라앉게 되었다. 그 배에는 여섯 아이들을 데리고 탄 아버지가 있었다.

그는 용감하고 결단력이 있었으며 다행히 수영을 잘했으므로, 아이들을 하나씩 데리고 헤엄쳐서 육지로 구해내기로 마음을 먹었다.

그는 점점 가라앉고 있는 배 위에서 아이들에게,

"아버지가 육지로 갔다가 반드시 다시 돌아올 테니 겁내지 말고 기다려라." 하고 당부를 했다.

필사적인 노력으로 다섯 아이들을 육지로 데려다 놓은 그는, 거의 쓰러질 듯이 기진맥진한 상태에서도 마지막 아이를 구하러 가야 했다.

사람들이 만류했지만 그는,

"우리 아이가 아직 배에 있습니다.

나는 그 애에게 꼭 다시 돌아가겠다고 약속을 했습니다."라며 다시 물로 뛰어들었다.

그는 간신히 배에 닿아 아이를 안았다.

그러나 더 이상 기운이 없어 아이를 가슴에 꼭 껴안은 채 물 속으로 함께 가라앉고 말았다.

그리고 다시는 떠오르지 않았다.

어머니의 눈물

어 머니가 비탄에 잠겨 슬피 울며 애기했다.
나는 아들을 사랑했다.
그 애가 어렸을 때,
우리는 아이와 많은 시간을 함께 보내지 못했다.
우린 돈벌이로 바빴고,
아이는 아이대로 공부하느라 바빴기 때문이다.
가끔 버릇없는 행동을 보일 때도
우린 벌주지 않았다.
아이의 옷에서 담배 냄새가 났지만
나는 그럴 수 있다고 이해했다.
아이의 성적과 품행에 대해
학교 선생님으로부터 지적이 있었지만
우린 아이에게 아무 말도 하지 않았다.

그러던 어느 날, 아이가 학교로부터 퇴학을 당했다.
학교에서 도둑질을 했다는 것이었다.
우린 화가 나서 아이에게 용돈을 주지 않기로 했다.
그러던 어느 날 경찰이 찾아왔다.
우리 아이가 강도 짓을 했다는 것이다.
우린 아들을 경찰에 넘겨 주어야 했다.
경찰이 우리 아이를 데려가는 걸 맥 없이 바라보자니
내 인생이 다 끝나 버린 기분이었다.

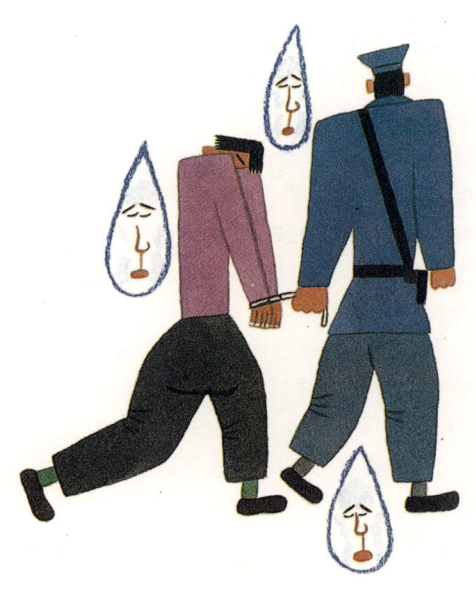

범죄자를 길러 온 어머니는
경찰에 끌려가는 아들을 바라보며 한없이 울었다.

지붕 위의 어머니

두 뜰 감나무에는 빨갛게 익은 감이 주렁주렁 달려
있었다. 밤나무의 활짝 아람진 밤송이에는 갈색
알밤들이 터질 듯이 박혀 있고, 초가 지붕 위엔 둥글고
하얀 박들이 보름달처럼 달려 있었다.
재롱둥이 꼬마 아이는 툇마루에서 혼자 소꿉장난을 하
며 놀고 있고,
어머니는 지붕에 올라가 자리에 고추를 널고 있었다.
하얀 수건을 머리에 쓰고 지붕에 올라
새빨간 고추를 다듬는 여인의 모습이
파란 가을 하늘과 어울려 더없이 아름다웠다.

올해는 풍년. 황금 물결을 이루는 들판을 바라보는
농부들의 얼굴엔 웃음이 가득했다.
지붕에서 고추를 다듬고 있던 어머니도
저 아래 토담에 누렇게 익은 호박을 바라보았다.
그런데 툇마루를 내려다보니 아이가 보이지 않았다.
조금 전까지도 거기에서 놀고 있었는데….
마당의 우물 쪽을 바라봐도, 뒷간 쪽을 바라봐도
아이는 보이지 않았다.

어머니는 덜컥 가슴이 내려앉아 견딜 수가 없었다.
다듬던 고추를 놓아 두고 지붕에서 내려가려고

사다리가 놓여 있는 쪽으로 조심스럽게 다가가고 있는데,
이게 웬일인가.
젖먹이 꼬마가 사다리를 타고 지붕으로 올라온 것이다.
다리가 떨리고 가슴이 뛰었다.
아이는 벌써 지붕으로 발을 막 디뎌 올리고 있었다.
아이가 뒷걸음이라도 치면….

그렇지만 이 어머니는 지혜로운 어머니였다.
어머니는 얼른 옷고름을 풀어 가슴을 열고
젖먹이를 불렀다.
혼자 놀다가 젖이 먹고 싶었던지
아이는 어머니의 젖을 보더니 성큼성큼 기어올라 왔다.
그리고 얼른 어머니에게 다가와 가슴으로 파고들었다.
아이에게 젖을 물리며 어머니는 아이를 꼭 끌어안았다.
고추잠자리들이 아이의 흙 묻은 발가락을 간지럽힌다.

그림과 세 아들

한 여인이 바다가 보이는 바위에 앉아 눈물을 흘리
고 있었다. 이 어머니에게는 세 아들이 있었다.
세 아들 모두 씩씩하고 꿈이 많은 소년이었다.
남편 없이 혼자 힘으로 키운 세 아들이 해변을 뛰놀고
고기를 잡으며 자연 속에서 건강하게 자라는 모습에,
어머니는 언제나 행복했고 마음이 든든했다.

첫째 아들이 장성하여 고기잡이를 하겠다며
바다로 나간 지 얼마 되지 않아
둘째와 셋째도 형의 뒤를 따라 나갔다.
어머니의 만류를 뿌리치고….
어머니는 이제 혼자가 된 것이다.

바다에 나간 세 아들을 기다리며
홀로 외롭게 지내는 어머니에게 한 선생이 찾아왔다.
어머니는 자신의 신세를 한탄하며 눈물을 흘렸다.
바다에서 남편을 잃은 이야기며,
혼자 힘으로 어렵게 자식들을 키운 이야기를
그에게 털어놓으며….
자기는 아이들이 어려서부터 어부가 되지 않기를 바랐
는데 어쩌다 이렇게 되었는지 모르겠다고 했다.

울먹이는 여인의 등을 두드리며 위로하던 선생이 마루
에 걸린 그림을 가리키며 물었다.
파도가 넘치는 드넓은 바다를 그린 낡은 그림이었다.
"저 그림은 어디에서 났습니까?"
그가 물었다.
"왜요? 제가 시집올 때 선물로 받은 것이지요."
어머니는 대수롭지 않게 대답을 했다.
"저 그림은 언제부터 저기에 걸려 있었습니까?"
"한 20년도 넘었습니다."
그는 어머니에게 이렇게 말했다.
"당신의 아들들은 어려서부터 저 그림을 보며 자랐군요.
파도가 넘치는 저 바다 그림을 하루에도 수십 번씩 보
면서 당신의 아들들은 다짐했을 겁니다.
이 다음에 크면 바다에서 젊음을 불사르겠다고.
아들들을 바다로 내보낸 것은 바로 저 그림입니다.
그리고 저 그림을 어려서부터 보여 준 당신 자신입니다."
그림을 떼어 내동댕이치며 어머니는 통곡을 했다.

다락방의 아들

아버지와의 약속을 잘 지키지 않는 아들에게 아버지가 말했다.

"한번만 더 우리 가정의 계율을 깨뜨리면 아버지는 너를 추운 다락방으로 보내겠다."

그렇지만 아들은 또다시 가정의 계율을 어기고 말았다.

아버지는 아들을 추운 다락방으로 보낼 수밖에 없었다.

아들을 추운 다락방에 보내고 잠자리에 든 부부는 잠을 이룰 수가 없었다.

아내가 입을 열었다.

"아이가 안됐지만 그 애를 다락방에서 데려오면
앞으로 또 당신 말을 잘 듣지 않을 거예요.
괴롭더라도 이 밤을 참고 지내야 해요."

한참을 괴로워하던 남편도 입을 열었다.

"당신 말이 옳아요.
내가 그 애를 데려오는 것도 말하자면,
우리 가정의 계율을 깨뜨리는 셈이야.
그 애를 데려와선 안돼.
그러나 그 애는 지금 얼마나 외로울까?
여보, 미안해요."

그리고 아버지는 아이에게로 올라갔다.

아들은 추운 다락방의 딱딱한 바닥에서 베개도 없이 잠이 들어 있었다.

아버지는 아들 옆에 누워 팔베개를 해주고는 아들을
꼭 끌어안았다.
곤히 잠든 아들의 뺨에 아버지는 자신의 볼을 부볐다.
그때 아이의 눈가에서 따뜻한 눈물 한 방울이 흘러내
렸다.
머리맡에는 따뜻한 우유와 빵이 놓여 있었다.

뜨거운 눈물

한 청년이 교통 사고로 두 눈을 잃고 말았다.
그는 크게 실망하여 괴로워하였다.
소경이 되어 앞으로 살아갈 생각을 하니 답답했다.
어느 날, 의사가 수술을 받아 보자고 했다.
수술을 받았다.
붕대를 푸는 날이 다가오자,
의사는 잘하면 한쪽 눈은 볼 수 있을 것이라고 했다.
여간 다행스런 일이 아니었다.
기쁜 소식이었다.
그러나 그는 자신이 애꾸가 되었다며 불평하고 신세
타령을 했다.

드디어 붕대를 풀었다.
그 동안 보지 못했던 세상의 모습이 한쪽 눈에 들어왔다.
자신의 병상을 떠나지 않고 뒷바라지를 해주던
어머니의 모습도 희미하게 보이기 시작했다.
그런데 이게 웬일인가?
어머니의 눈이 한쪽뿐인 게 아닌가.
자신에게 세상을 보여 주고 있는 눈이
바로 어머니의 눈이었던 것이다.
그의 두 눈에 뜨거운 눈물이 가득 고였다.

폭파 현장의 아이

채 석장에서 돌을 캐 내기 위해
화약으로 돌산을 폭파하고 있었다.
인부들이 모든 안전 준비를 마치고 도화선에 불을 붙였다.
모두들 안전한 곳으로 대피를 했는데,
갑자기 큰일이 벌어졌다.
어디선가 세 살짜리 꼬마 아이가
아장아장 폭파 현장으로 걸어 나온 것이다.
곧 탄약이 터질 텐데….
사람들이 소리를 내어 아이에게 손짓을 했지만
아이는 웃기만 할 뿐이었다.

이때 아이의 어머니가 이 광경을 목격했다.
그녀는 얼른 무릎을 꿇고 앉아 가슴을 열고는
환한 미소로 침착하게 아이를 불렀다.
엄마의 환한 미소와 가슴을 보자
아이는 엄마의 품으로 달려왔다.
아이를 품에 안자마자
여인은 재빨리 대피소로 몸을 던졌다.
커다란 폭음과 함께 돌덩이들이 떨어졌다.

내 탓이오

어린아이가 부주의로 방바닥에 두었던
유리컵을 깼다.
이것을 본 어머니가,
"너는 눈도 없느냐?"며 아이를 심하게 꾸짖었다.
그것을 본 아버지가 컵을 치우지 않은 아내를 꾸짖고
나섰다. 옆에서 그런 모습을 지켜보던 시어머니는,
시끄럽다며 며느리의 평소 게으름을 나무랐다.
깨진 컵 조각에 발이 찔린 아이는 겁에 질려
제 방으로 들어가 버리고 말았다.
그날 저녁,
그 가정은 유리컵 하나 때문에 심각한 불화가 생겼다.

그 이웃집에서도 어린 아이가 방바닥에 두었던
떡 접시를 깼다.
그것을 본 아이의 어머니와 아버지와 할머니는
한꺼번에 아이에게 달려들더니
다친 곳이 없는지부터 살폈다.
며느리가 깨진 접시를 조심스레 치우는데 옆에서 시어
머니가 말했다.
"아이가 다치지 않았으니 얼마나 다행이냐.
이 늙은이가 집에서 놀면서도
방바닥에 놓인 접시 하나 치우질 못했구나.

애야, 미안하다.”
이 말을 들은 며느리가 송구스러워하며,
“아녜요. 제가 게을러서 그만, 죄송합니다.”
옆에 있던 아이의 아버지가 머리를 긁적이며,
“제 잘못입니다.
떡을 맛있게 먹은 제가 당연히 치웠어야 하는데….”
접시를 깬 아이도 퍽 미안한 듯 말했다.
“잘못했어요. 제가 주의를 했어야 하는데….
앞으로 조심하겠습니다.”
이 가정에 이처럼 평화가 넘치는 비결이 무엇인가?

어머니의 마음

여자의 집은 산중 외딴 곳에 있었다.
9년 전, 그녀는 나이 많은 홀어머니를 버리고
집을 나왔다.
그 동안 그녀는 세상을 이리저리 굴러다니며
타락한 생활을 계속해 왔다. 그러던 그녀가 어느 날,
그간의 잘못된 생활을 청산하고 산중의 집으로 돌아가
기로 했다.

그녀가 집 가까이 도착한 때는 늦은 밤이었다.
달도 뜨지 않은 캄캄한 밤이었지만
어려서부터 자주 다니던 길이어서,
그녀는 쉽게 집에 도착했다.
창 틈에서 희미한 불빛이 새어 나왔다.
그녀는 비를 맞아 온몸이 젖어 있었다.

설레이는 가슴을 안고 문을 두드렸다.
아무런 반응이 없었다.
또 한번 두드렸지만 역시 반응이 없었다.
불길한 생각이 들어 여인은 문을 열고 안으로 들어갔다.
산중의 외딴 집에 어머니 혼자 살면서
문을 잠그지 않은 것이 이상했다.
혹시 그 사이에 어머니가 돌아가시고,

지금은 다른 사람이 살고 있지는 않은지 불안했다.
희미한 불빛 아래 어머니의 침대가 보였다.
늙은 어머니는 쓸쓸히 침대에 누워 있다.
그녀는 어머니 앞에 무릎을 꿇고 흐느꼈다.

딸의 목소리에 놀라 침상에서 일어난 어머니는
딸을 끌어안고 한없이 울었다.
딸은 어머니에게 진심으로 용서를 빌었다.
어머니도 딸을 용서해 주었다.
어머니는 딸의 젖은 옷을 갈아입히고
따뜻한 음식을 주었다.

딸이 어머니에게 물었다.
"어머니, 전에는 해가 지기 전부터 문단속을 하셨죠?
그런 분이 오늘은 왜 문도 잠그지 않고 주무셨어요?
무슨 일이 생기면 어쩌시려고요?"
이 말에 어머니는 딸의 뺨을 어루만지며 이렇게 말했다.
"오늘 밤만이 아니란다.
네가 집을 나간 날 밤부터 오늘까지 그래 왔다.
이 에미는 9년 동안 단 하루도 문을 잠그지 않고 너를 기
다렸단다.
네가 밤중에 들어왔을 때 문이 잠겨 있으면 어떡하
니…."

못박기, 못빼기

한 어머니가 행실이 좋지 못한 아들을 기르고 있었다.
어머니는 늘 착한 사람이 되라고 타일렀으나, 아들의 행실은 점점 나빠졌다.
어느 날, 어머니는 아들을 불러 망치와 못 한줌을 주었다.
"앞으로는 좋지 못한 짓을 할 때마다 이 기둥에 못을 한 개씩 박아라."
아들은 그렇게 하는 게 재미있을 것 같아 못을 박기로 했다.
아들은 좋지 못한 행동을 할 때마다 자랑이라도 하듯 기둥에 못을 하나씩 박았다.

얼마 되지 않아 기둥은 못으로 가득했다.
'자기 스스로 깨달은 나쁜 일들이 저렇게 많은데
자신이 깨닫지 못한 잘못은 또 얼마나 될까.
그로 인해 얼마나 많은 사람들이 상처를 입었을까?'
어머니는 걱정이 가득했다.

부슬비가 내리던 어느 날,
이 아들은 기둥에 박힌 못을 오래 바라보았다.
못 하나하나에 얽힌 자신의 지난날들이 떠올랐다.
그렇게 재미있던 일들도 지내 놓고 보니 별것 아니라는 생각이 들었다.

그는 못난 자식의 옷을 매만지고 있는 어머니 앞에 엎드려 하염없이 눈물을 흘렸다.
어머니는 아들의 반성에 함께 눈물을 흘리며
기뻐했다.
그리고 후회하는 아들에게,
앞으로 착한 일을 할 때마다
기둥의 못을 하나씩 뽑으라고 했다.
아들의 행동은 완전히 달라졌고,
얼마 되지 않아 기둥의 못은 하나도 남지 않게 되었다.

아들은 참으로 기뻐했다.
그러나 어머니는 여전히 기둥에 남아 있는 못 자국들을 하나씩 하나씩 손으로 매만지고 있었다.

난파선의 생존자

폭풍우가 세차게 몰아치던 어느 겨울 밤,
사람을 많이 태운 배 한 척이 조난을 당했다.
구조를 요청하는 연락을 받은 마을 사람들은
밤새 바다를 헤매며 난파선의 승무원들을 구했다.
많은 생존자들을 구해 배에 가득 태우고 돌아가려는 순간,
그들은 난파선 한쪽 구석에서
구조를 요청하는 한 사람을 발견했다.
그렇지만 배에는 너무 많은 사람들이 탄 데다가
폭풍우가 심해 그를 태울 수가 없었다.
다시 돌아와 꼭 구해 주겠다고 외치며
사람들은 해안으로 향했다.

해안에 도착하자마자
사람들은 기진맥진하여 쓰러져 버렸다.
누군가 난파선에 남아 있던 한 사람의 생존자를
구하러 가야 했지만 아무도 선뜻 나서지 않았다.
폭풍우는 점점 심하게 몰아치고 있었다.
그때 한 청년이 앞으로 나섰다.
그와 동시에 그의 어머니가 그의 앞을 가로막았다.
그의 아버지가 이미 바다에서 죽은 일이 있기 때문이다.
"네 형도 지난해에 고기잡이하러 원양 어선에 올랐다가
아직도 돌아오지 않고 있지 않느냐.

이제 너마저 바다에 나가 죽게 된다면….”
그렇지만 그 청년은 난파선의 생존자에게 한 약속을
차마 어길 수가 없었다.
청년은 산이라도 삼킬 것 같은 사나운 바다로
혼자서 배를 몰고 나갔다.
그의 어머니와 마을 사람들은 바닷가에 선 채
여러 시간 동안 그를 애타게 기다렸다.
마침내 마지막 생존자를 태운 구조선이 보이기
시작했다.
생존자는 실신하여 뱃전에 누워 있었고,
청년은 기쁨의 눈물을 흘리며 어머니 품에 안겼다.
살아 돌아온 아들을 맞는 어머니의 기쁨은
어떠했을까.
더군다나 그 생존자가 지난해 원양 어선에 올랐다가
끝내 돌아오지 않고 있던
바로 그 큰아들인 것을 알았을 때의 기쁨이란….

농부의 아이들

부자와 가난한 농부가 한 마을에 살고 있었다.
가난한 농부에게는 자녀가 다섯이나 되었지만,
부자에게는 불행하게도 자녀가 하나도 없었다.
어느 날 부자는 농부에게 아이를 하나 양자로 주면 집
과 땅을 주겠다고 제의했다.
지독히도 가난한 부부는 부자의 말에 기뻐했다.

아이들이 모두 잠든 저녁에
부부는 누구를 보낼 것인지 의논하게 되었다.
남편이 가장 어린 아이를 가리키자,
부인은 그 애는 아직 젖먹이라며 고개를 내저었다.
둘째 아이를 가리키자,
그 애는 병이 들어 아프니까 간호를 해주어야 한다며
손을 내저었다.
장남에게로 가자,
이 아이는 농사 일을 맡고 있으므로 보낼 수가 없다고
했다.
네 번째 아이에게로 가자,
그 애는 아직 철부지라
엄마가 보고 싶어 매일 울 테니 안 된다고 했다.
마지막으로 제일 끝에 자고 있는 아이에게로 갔다.
다섯 아이 중에 가장 속을 많이 썩이는 아이였다.

남편은 그 애를 보내자고 했다.
아내는 그 애야말로 부모의 사랑과 기도가 필요한
아이라고 했다.

밤을 새며 고민을 하던 부부는,
잠든 아이들의 볼에 일일이 입맞춤을 했다.
아침이 되자 부부는 부자에게로 가서
생활이 어렵더라도 더 부지런히 일해
아이들을 모두 그들 손으로 키우겠다고 말했다.

나귀 타기

아버지와 아들이 나귀를 끌고 길을 가고 있었다.
그 옆을 지나가던 사람이 말했다.
"이왕 끌고 가는 나귀인데 타고 가지…."

이 말을 들은 아버지는 좋은 생각이라며
아들을 나귀 등에 태웠다.
어느 마을을 지나는데 노인들이 한마디씩 했다.
"참으로 불효 막심한 아들이다.
어떻게 아비가 고삐를 잡고
자식은 나귀를 타고 간단 말인가, 쯧쯧…."
아버지가 생각해 보니 그 또한 옳은 말이어서,
아들을 내리게 하고는 자신이 나귀를 탔다.

한참을 가는데 빨래터의 동네 아낙들이 한마디씩 했다.
"어린 자식은 걷게 하고
아비만 나귀를 타고 편안히 가다니…."
일리가 있는 비난이라고 생각한 아버지는
아들도 나귀에 태웠다.
그랬더니 이번에는 논에서 일을 하던 농부들이 손가락
질을 해댔다.
"아무리 말 못하는 짐승이지만, 어찌 그리 무자비한가.
작은 나귀 등에 둘씩이나 올라타고 가다니…."

어느 부부 싸움

금실이 좋은 한 젊은 부부가 있었다.
하루는 퇴근을 하던 남편이 버스 정류장에 승용차를 세웠다.
버스를 기다리고 있는 같은 회사의 여직원을 발견했기 때문이다. 러시 아워(rush hour)라 정류장은 사람들로 매우 붐볐다.
그 여성은 벌써 몇 대의 버스를 그냥 보내고
다음 차를 기다리던 중이었다.
차를 세워 행선지를 물으니,
자신의 집에서 그리 멀지 않은 곳이었다.
그는 그 여성을 집 근처까지 태워다 주었다.

남편이 귀가할 무렵, 부인에게 전화가 걸려 왔다.
남편이 그 여성을 태워다 주는 모습을
우연히 본 친구가 있었던 것이다.
친구가 잘못 전해 준 얘기 때문에
부인은 남편을 의심하며 그날 저녁 남편과 다투었다.
결혼 후 처음 있는 일이었다.
그날 밤, 부부는 끝내 화해하지 않고
몸과 마음을 멀리한 채 긴 밤을 지냈다.
날이 밝아 아침이 되었다.
남편은 아침 식사도 하지 않고 집을 나섰다.

아내는 늘 하던 배웅도 하지 않았다.
둘은 처음으로 아무 말 없이 그냥 헤어졌다.
그로부터 1시간 후,
부인에게 전화가 걸려왔다.
남편이 교통 사고로 사망했다는 기가 막힌 소식이었다.

슬픈 크리스마스 이브

어느 크리스마스 이브에 있었던 일이다.
만삭의 가난한 여인이 해산할 곳을 찾아 눈길
을 헤매고 있었다.
해산의 도움을 청할 곳을 찾지 못한 여인은
그만 어느 다리 밑에서 혼자 아이를 낳았다.
매서운 바람이 몰아치는 겨울 밤이었다.

산모에게는 아이를 덮어 줄 것이 아무것도 없었다.
그녀는 자신의 옷에서 솜을 모조리 뽑아
아기의 몸을 감싸고,
자신의 옷을 벗어 아기를 꼭 싸 주었다.
그리고 기진맥진한 자신은
길에 버려진 마대를 주워 덮었다.

다음날 아침, 한 행인이 우연히 그들을 발견했다.
아기는 동상에 걸려 있었고,
여인은 아이를 안은 채 얼어 죽어 있었다.
마음씨 착한 행인은 그 아이를 데려다 길렀다.
그로부터 10년 후, 어느 크리스마스 이브에
그 소년은 자신의 어머니에 대해 물었다.
그를 데려다 키운 양부모는
10년 전의 일을 숨김 없이 알려 주었다.

소년은 어머니의 무덤을 가르쳐 달라고 했다.
어머니의 무덤에 이른 소년은
갑자기 옷을 하나씩 벗기 시작했다.
소년은 자기가 입고 있던 옷을 모두 벗어 어머니의 무
덤을 덮었다.
"어머니! 저 때문에 얼마나 추우셨어요?"

아버지의 매

나쁜 짓을 한 아들이 아버지 앞에 불려 왔다.
　　아버지는 아이를 데리고 아무 말 없이 산으로
올라갔다.
조상의 산소 앞에 선 아버지는
자식을 잘못 가르친 것을 조상께 백배 사죄하고,
회초리로 자신의 종아리를 사정없이 치기 시작했다.
아들은 아버지 앞에 무릎을 꿇고
눈물을 흘리며 참회했다.
20년 후, 그 아들이 한 아들의 아버지가 되었다.
그의 아들도 말썽꾸러기였다.
밤낮 사고를 저질러 부모의 마음을 아프게 했다.
아무리 타일러도 듣지를 않았다.
아버지는 자신의 어린 시절이 떠올랐다.
아버지는 매섭게 생긴 회초리를 하나 만들었다.
아들이 또 나쁜 짓을 저질렀다.
아버지는 아들을 불러 놓고
그가 보는 앞에서 자신의 바지를 걷어 올렸다.
그러고 나서 눈물을 흘리며 회초리로 자신의 다리를
사정없이 내리치기 시작했다.
갑작스런 광경에 놀란 아들이 마루로 뛰어나가면서 외
쳤다.
"엄마! 아빠가 미쳤나 봐. 빨리 와 봐…."

철이와 복숭아

뒤꼍에서 놀던 철이가 땀을 훔치며 방으로 들어왔다.
"할머니, 복숭아예요."
철이가 할머니 손에 쥐어 준 복숭아는 군데군데가 깨져 있
었다.
"엄마는 이걸 드셔요."
철이가 엄마에게 준 복숭아는 아주 깨끗했다.
할머니는 내심 손주 녀석이 괘씸했다.
"저 녀석이 벌써부터 제 엄마를 챙기는구나.
내가 등에 땀띠가 나도록 업어서 키웠는데…."
아들의 행동에 민망해진 철이 엄마는
조용히 일어나 부엌으로 나갔다.

철이가 빙그레 웃으며 할머니께 말했다.
"할머니, 엄마께 준 건 쇠똥 위에 떨어진 거예요.
할머니 드린 건 바위로 떨어져서 깨진 거구요."
잠시 후, 철이 엄마가 복숭아를 깎아 들고 왔다.
깨진 복숭아를 어른이 드시게 할 수가 없었다.
"어머니, 이걸 드셔요."
할머니는 할머니대로 쇠똥 위에 떨어진 복숭아를
며느리가 먹게 할 수가 없었다.
"그래라, 이걸 네가 먹으렴."
그 모습을 본 철이가 웃었다.

할머니도 철이를 바라보며 웃었다.
영문을 모르는 철이 엄마도 복숭아를 한 입 깨물면서
따라 웃었다.

친정 어머니 , 시어머니

아 들과 딸을 하나씩 둔 어느 부인이 동창생을 만
났다.

오랜만에 만난 두 사람은 서로의 안부를 물었다.

"따님도 잘 있는지요?"

"그럼요. 지난해 결혼했는데 팔자가 늘어졌답니다."

"시집을 잘 간 모양이죠?"

"그럼요, 남편을 잘 만났어요.

살림은 가정부가 다 해주죠.

미장원이다, 백화점이다, 동창회다 그저 돌아다니는
게 일이랍니다."

"시부모를 모시지는 않는 모양이군요?"

"그래요, 결혼할 때 시부모를 모시지 않기로 했어요.

요즘 누가 시부모를 모시려 합니까?"

"지난번 결혼한 아드님도 잘 있지요?"

"그저 그렇지요, 뭐."

"며느님은 어때요?"

"말도 마세요.

우리 애가 운이 없지, 어디서 그런 여자를 만났는지….

집안일은 돌보지도 않고 미장원이다, 백화점이다,

동창회다… 밤낮 돌아다닐 생각만 해요.

툭하면 친정에나 가고, 원…."

어느 이혼식

결 혼한 지 10년이 된 부부가 있었다.

금실은 좋은데 자녀가 없었다.

그 이유로 부모와 친척들로부터 헤어지라는 압력을 받아 온 부부는,

결국 헤어질 것을 진지하게 생각하고

10년 전의 주례 선생을 찾아가 상의를 했다.

남편은 사랑하는 아내와 갈라짐에 있어

아내에게 어떤 굴욕감도 안겨 주고 싶지 않다고 했다.

주례 선생은 아내를 위해 파티를 열고,

여러 사람 앞에서 아내가 얼마나 훌륭했던가를

이야기해 주라고 충고했다.

남편은 기쁘게 충고를 받아들이면서, 그 자리에서 아내에게 무언가 귀한 선물을 하고 싶다고 했다.

며칠 후, 파티가 열렸다.

남편이 여러 사람들 앞에서 아내에게 물었다.

"무엇이든 원하는 것 한 가지를 말해 주시오.

당신에게 주겠소."

그러자 아내는 여러 사람 앞에서

자신이 가장 원하는 것을 또렷이 말했다.

그녀는 '남편'을 택했다.

그 후 그들 부부는 두 아이를 얻었다.

아들의 귀환

미국의 한 가정에 전화가 걸려 왔다.

한국 전쟁에 참가했던 아들이 귀국하여 어머니에게 전화를 한 것이다.

"어머니, 제가 돌아왔습니다."

그 동안 죽었는지 살았는지 몰라 애태우던 어머니로서는 아들이 살아 돌아온 것이 꿈만 같았다.

"그런데 어머니, 친구를 데리고 왔어요.

그 친구는 몹시 다쳤어요.

그 친구는 집이 없어요.

우리와 함께 살았으면 해요."

"그렇게 하려무나."

"그런데 그 친구는 외눈에, 외팔에 다리도 하나밖에 없어요."

"그래, 당분간 우리와 함께 살자꾸나.

몇 달쯤 같이 살자."

"어머니 그건 안돼요. 평생 같이 살았으면 해요."

"그건 안 된다.

그 애는 평생 너의 짐이 될 거야."

전화는 끊겼다.

그 다음날 아들은 집에 오지 않았다.

대신 어머니에게 전보 한 통이 날아왔다.

아들이 호텔에서 뛰어내려 자살했다는 내용이었다.

아들의 시체가 집에 도착했다.
아들은 외눈에, 외팔에, 외다리였다.
그는 자신이
부모에게 평생 짐이 되리라 생각했던 것이다.

어미 캥거루의 실수

먹이를 구하러 나간 아비 캥거루가 사냥꾼들에게 잡혀갔다. 어미 캥거루는 그것도 모르고 남편이 가족을 버렸다고 생각했다.

어미는 눈물을 흘리면서 새끼에게 다짐했다.

"아무 걱정하지 말거라.

이제 이 엄마가 아버지 노릇까지 해줄 테니…."

어미는 정성을 다해 새끼를 보살폈다.

어미는 언제나 새끼를 애지중지하며 주머니에 넣고 다녔다.

어느덧 새끼도 많이 자라 장가를 보낼 때가 되었다.

어른이 된 것이다.

그런데도 어미는 다 큰 새끼를 주머니에 넣고 다니면서 먹을 것을 일일이 챙겨 주었다.

다 큰 녀석을 안고 돌아다니던 늙은 어미 캥거루가 그만 병에 걸리고 말았다.

혼자 먹을 것을 구해 살아갈 방법을 터득하지 못한 이 캥거루는,

어미가 죽자 며칠 못 가 굶어 죽고 말았다.

화목의 비결

다툼이 끊이지 않는 가정이 있었다.
가족간에 싸움과 갈등이 그치지 않았다.
그래서 그 집의 가장이 화목하기로 소문난 이씨네로
찾아가 화목의 비결을 물었다.

이씨는 대답은 해주지 않고 큰아들을 부르더니,
외양간의 송아지를 지붕에 올려 놓아야겠다고 말했다.
송아지를 지붕에 올려 놓을 까닭이 없건만,
그 말을 들은 큰아들은 더 묻지 않고 마당으로 나갔다.
온 식구들이 나와 사다리를 갖다 놓고
땀을 흘리면서 송아지를 지붕 위로 들어올리려 했다.
이씨는 그를 찾아온 이에게 이렇게 말했다.
"가정이 화목한 비결은 바로 이것일세.
돌아가 시험 삼아 해보게나."

집에 돌아온 그는
식구들을 불러 모아 놓고는 조금 전에 본 대로,
외양간의 송아지를 지붕에 올려 놓아야겠다고 말했다.
그렇지만 아내와 아들, 며느리, 손자까지도
미쳤느냐고 코웃음을 치며 순종하지 않았다.

엄마는 커피 우리는 코코아

제2부 흰 십자가 검은 십자가

우산과 선생님

어 느 작은 시골 교회에서 가을을 맞이하여 소풍을
가기로 했다.

선생님과 아이들이 들뜬 마음으로 맛있는 음식을 많이
마련하고 떠날 준비를 하고 있었다.

그런데 하늘을 보니
구름이 잔뜩 끼어 아무래도 비가 올 것 같았다.

선생님과 아이들은 비가 오지 않게 해달라고
간절히 기도했다.

선생님은 아이들에게, 기도를 했으니
비는 오지 않을 것이라고 말했다.

모두 즐거운 마음으로 소풍을 떠났다.

마을을 떠나 오곡이 무르익은 들판을 지나려는데
갑자기 하늘이 점점 어두워지면서 빗방울이 떨어지기
시작했다. 빗방울이 점점 굵어지자 아이들은 비를 피하
느라고 야단들이었다.

그때 선생님이 가방에서 우산을 급히 꺼내 펴면서
우산이 없는 아이들에게 우산 아래로 들어오라고 했다.

그런데 한 아이가 우산을 펴든 선생님을 쳐다만 볼 뿐,
우산 속으로 들어오지 않고 비를 맞고 서 있었다.

그러더니 선생님이 밉다며 울면서 빗 속으로 뛰어갔다.

선생님은 뒤늦게서야 출발할 때 비 오지 않게 해달라고
아이들과 기도했던 사실을 생각해 냈다.

왕과 한 눈

어떤 왕이 새로운 규칙을 발표하면서,
모든 백성들이 그 규칙을 꼭 지키도록 당부를 했다.
아울러 그 규칙을 지키지 않는 사람은 지위 고하를 막론하
고 누구든지 벌로 두 눈을 빼겠다고 했다.
백성들은 처벌이 두려워 그 규칙을 잘 지켰다.
그런데 어느 날 관원들이
그 규칙을 어긴 범법자를 한 사람 잡아 왔다.
그런데 잡혀 온 사람은 다름 아닌
왕의 하나뿐인 아들이었다.
왕은 이럴 수도, 저럴 수도 없는 어려움에 빠지게 되었다.
왕의 아들이라고 하여 그 죄를 묵인해 준다면,
백성들이 법을 어길 경우 처벌할 명분을 잃게 될 게
뻔했다.
그렇다고 한 아버지로서 자식의 눈을 뽑는다는 것은
차마 못할 일이었다.
고민을 하던 왕은 결국,
아들의 한쪽 눈과 자신의 한쪽 눈을 뽑았다.
왕은 사사로움보다 공의(公義)를 택함으로써
스스로 나라의 법을 지켜 백성들에게 모범을 보였다.
또 아버지로서 자식에 대한 깊은 사랑을 보여
백성들에게 큰 감동을 주었으며,
백성들로부터 더욱 존경받게 되었다.

새끼 꼬기

오늘은 섣달 그믐날. "자네들에게 약속한 대로
자네들은 내일부터 자유의 몸일세."
주인이 하인들을 불러 놓고 말했다.
"그런데 한 가지 부탁이 있네.
오늘 밤 이 짚으로 새끼를 좀 꼬아 주어야겠네.
아마 이 일이 우리 집에서의 마지막 일이 될 걸세.
될 수 있으면 가늘고 질기고 길게 꽈 주면 좋겠네. 꼭!"

주인이 들어가자 한 하인이 불평을 늘어놓는다.
"참 악질이군. 마지막까지 부려 먹으려 들다니….
섣달 그믐날에 일을 시키는 자가 어디 있담!"
그러나 다른 종은 부지런히 새끼를 꼬면서
그를 나무란다.
"여보게, 불평하지 말게.
세상에 우리 주인 같은 분이 또 어디 있나.
게다가 내일부터는 우리를 자유의 몸이 되도록
해주시지를 않았는가.
마지막으로 시키는 일이니 잘해 드리세."
그는 주인이 시키는 대로
아주 가늘고 질기고 길게 새끼를 꼬았다.
그러나 불평을 하던 하인은
새끼를 대충 꼬고는 잠이 들어 버렸다.

다음날 아침, 주인은 두 하인을 불러 놓고
작별 인사를 나누면서 이렇게 말하는 것이었다.
"여러 해 동안 내 집에서 고생이 많았네.
자네들이 열심히 일해 준 덕분에
우리 집의 살림은 많이 늘어났다네.
이제 자네들을 그냥 보내기가 섭섭하여 선물을 좀 주
려고 하네.
어젯밤에 꼰 새끼줄을 가져오게.
그리고 광문을 열고 엽전을 새끼에 꿰어 가져가게.
그 돈으로 잘들 살기 바라네."
불평 많은 하인의 새끼줄은 너무 굵어서 엽전이 잘 꿰
어지지 않았을 뿐만 아니라, 너무 짧아 많이 뀔 수도
없었다.
그나마 엽전의 무게를 이기지 못해
자꾸 끊어지는 것이었다.

네 개의 풍선

어린이들이 풍선을 들고 신나게 뛰어 놀고 있었다. 한 아이는 빨간 풍선, 또 한 아이는 파란 풍선,
다음 아이는 노란 풍선,
그 다음 아이는 하얀 풍선을 들고 있었다.

한참을 재미있게 뛰어 노는데 빨간 풍선이 터지고 말았다.
아이가 울상을 지으며 울음을 터뜨리려고 했다.
그때 파란 풍선을 가진 아이가 자기 풍선을 일부러 터뜨렸다. 울음을 터뜨리려던 아이가 그걸 보고 울음을 멈추었다.

노란 풍선을 가진 아이도 그 모습을 보고는
얼른 자기 풍선을 터뜨렸다.
하얀 풍선을 가진 아이도 터뜨렸다.
이제 모든 풍선이 터진 것이다.

울상을 짓던 아이가 웃기 시작했다.
다음 아이도, 그 다음 아이도 소리내어 웃기 시작했다.
아이들은 다시 즐겁게 뛰어 놀기 시작했다.

족장의 수염

아프리카의 어느 족장이 자신이 믿는 신으로부터 딸을 산 채로 땅에 묻으라는 계시를 받았다고 한다.

딸에게 그 얘기를 하자 딸은 슬피 울었다.

그렇지만 아버지에게 절대적으로 순종하는 딸은 전통을 따르겠다고 했다.

족장은 자신의 손으로 무덤을 팠다.

그리고 사랑하는 딸을 안아 땅 속에 눕혔다.

딸을 눕히고 일어서려는 순간,

딸이 아버지의 수염에 묻은 흙을 손으로 털어 주었다.

그들 종족에겐 수염이 자존심이며 권위였다.

딸이 보인 마지막 애정의 표시가 순간적으로 광신자의 마음을 감동시켰다.

족장은 딸을 다시 끌어안았다.

신이야 있든 없든

그토록 사랑하는 딸을 생매장할 수는 없었던 것이다.

사랑의 설교

어느 교회의 목사가
일 년 내내 사랑에 관한 설교만 했다.
목사는 매주일 남에게 사랑을 베풀라는 설교를 했다.
교인들은 퍽 지루해 했다.
어느덧 한 해가 저물어 크리스마스가 다가왔다.
목사는 부인과 함께 거지로 변장하고
교인들의 집을 돌아보기로 했다.
교인들이 사랑을 얼마나 실천하고 사는지 시험해 보기 위
해서였다.

거지 내외로 변장한 목사 부부가
그 교회 장로 댁의 초인종을 눌렀다.
성탄 준비를 하던 장로 부인이 나오더니,
구걸을 부탁하는 거지 내외를 보고는
문을 도로 닫고 들어가 버렸다.
목사 부부는 서로 얼굴만 쳐다보며 아무 말도 하지 못했다.
이번에는 권사의 집으로 갔다.
역시 마찬가지 반응이었다.
이번에는 집사의 집으로 갔다.
문도 열어 주지 않았다.
실망한 부부는
지난 주일에 처음으로 등록한 새 신자의 집으로 갔다.

그 집 부인이 얼른 들어가더니 따뜻한 음식을 갖다 주
었다.
그 다음 주일,
목사는 설교 시간에 그와 같은 사실을 교인들에게 말
하고는 그 교회를 떠났다.

걷는 법 가르치기

한 여성이 빈민가에서 봉사 활동을 하고 있었다.
그녀는 거기에서 가엾은 절름발이 소년을 알게
되었다. 인정 많은 그녀는 자기가 잘 아는 의사에게
찾아가 그 소년을 고쳐 달라고 사정했다.
그녀의 정성에 감동한 의사는 소년을 무료로 수술해
주기로 했다.
수술은 성공적이었다.
그녀는 의사와 함께 정성을 다해 그 소년에게
걷는 법을 가르쳤다.
소년은 마침내 다른 아이들같이 걷기도 하고 뛰기도
할 수 있게 되었다.
세월이 흘렀다.
부인이 된 그 여인이 우연히 그 의사를 만났다.
오랜만에 만난 그들은
그때 그 소년에 대해 애기를 나누게 되었다.
의사가 먼저 물었다.
"부인, 그 아이는 그 후 어떻게 되었습니까?"
"저어…." 머뭇거리던 부인이 진지하게 말했다.
"지금 감옥에 가 있습니다.
살인자로 형기를 보내고 있어요. 박사님, 그때 우리는
그 애에게 걷는 법만 가르치려고 애썼지, 걸어가야 할
방향을 가르치는 걸 잊고 있었습니다."

인생의 대차 대조표

50 대의 남자가 낙엽을 밟으며
공원을 거닐다가 나무 의자에 앉았다.
실망의 그림자가 그의 얼굴에 가득했다.
"얼굴이 안되 보이는구려.
무슨 슬픈 일이라도 있소?"
한 노인이 옆에 앉으며 말을 걸었다.
"저의 모든 것이 끝장 났습니다."
"뭘 다 잃었단 말이오?"
"사업에 실패하여 남은 것이 하나도 없답니다.
희망도 없고 신념도 없고
재기할 나이도 지났고…."
그는 극도의 절망으로 허덕이고 있었다.

노인은 작은 종이와 연필을 꺼내더니
그에게 말했다.
"자, 그래도 아직 뭔가 남아 있는 게 있을지 모르니 남
은 걸 한번 적어 봅시다."
"다 소용없습니다."
"자, 부인이 계시지요?"
"물론이죠.
그 동안 사업이 어려워도 내 곁을 떠나지 않고 언제나
힘이 되어 줬죠.

참 고마운 사람이예요.
그러니 그 사람에게 더 면목이 없답니다."
"자녀들은 있습니까?"
"여럿 있어요.
사업이 바빠 잘 돌보지는 못했지만 잘들 컸어요."
"친구들은 있습니까?"
"물론이죠.
이번에 실패를 했으니 도와주겠다고들 하더군요."
"건강은 어때요?"
"몸은 건강한 편입니다."
"당신은 모든 것을 잃었다고 하지만
이처럼 귀한 재산들을 아직 갖고 있습니다.
실망하기에는 아직 이릅니다."
노인은 종이에 적은 것을 그의 손에 건네 주며 말했다.
"자, 이들과 함께 새롭게 출발하시오."
종이를 건네 받은 그는 노인의 손을 꼭 잡았다.

흰 십자가, 검은 십자가

제1차 세계 대전 직후,
한 여인이 전사한 외아들의 묘지를 찾고 있었다.
수많은 묘지에 십자가가 꽂혀 있었다.
한쪽은 흰 십자가였으나
다른 한쪽은 검은 십자가였다.
검은 십자가 쪽은 독일군의 묘였다.
어머니는 흰 십자가가 꽂힌 아들의 묘에 꽃을 꽂았다.
그리고 울면서 먼저 간 아들의 영혼을 위해 기도했다.
그러나 이 여인은
검은 십자가 쪽의 묘지를 향해 분노가 끓어오름을 느꼈다.
"내 아들이 어찌 악마의 군인들 묘와 나란히 있어야 한단
말인가?"
그 순간 검은 십자가를 붙잡고 울고 있는
독일군 어머니들이 보였다.

분노하던 이 여인은
그들도 자신의 나라의 부름을 받아
싸우다 죽어간 애국 청년이라는 생각이 들었다.
이 여인은 곧 아들의 묘에서 꽃을 뽑아
독일군 청년의 무덤 위에 나누어 꽂았다.
그리고 독일군 병사를 위해 기도했다.
기쁨이 솟아올랐다.

눈보라 속의 여인

혹 심한 눈보라가 치던 날,
기차가 들판을 달리고 있었다.
눈보라가 너무도 심해지자
기차는 속력을 낮춰 천천히 가고 있었다.
아기를 안은 한 여인이
자기가 내릴 역에 다 왔는지를 확인하느라
창 밖을 자주 내다보며 안절부절 못하고 있었다.
한 중년 신사가 이를 보고 말했다.

"걱정하지 마세요. 제가 이쪽 길을 잘 안답니다.
내리실 곳에 닿으면 제가 알려 드리지요."
멈추었던 기차가 출발할 무렵,
신사는 다음 정거장에서 내리면 된다고 일러 주었다.
얼마 후 기차가 멈추자, 아기를 안은 여인은
신사에게 고맙다고 인사를 하고 기차에서 내렸다.

다음 정거장에 기차가 도착했을 때
신사는 깜짝 놀라고 말았다.
여인이 내려야 할 곳이 바로 이번 역이었기 때문이다.
차장에게 물으니 조금 전에 기차에 이상이 생겨 중간
에 잠시 멈추었다는 것이 아닌가.
기차가 역 중간에 멈춘 사이에 여인이 내린 것이었다.

얼마 후 사람들은
아기를 꼭 안고 얼어 죽은 여인을 눈 속에서 찾아냈다.

소년과 보트

신문 배달을 하는 소년이 있었다.
하루는 장난감 가게 앞을 지나다가 중세의 범선을
본떠 만든 깜찍한 보트를 보게 되었다.
그 보트를 꼭 갖고 싶었지만 소년이 사기에는
값이 너무 엄청났다.
그래서 소년은 스스로 보트를 만들기로 했다.

소년은 날마다 가게의 진열장을 들여다보기도 하고
책도 보면서 틈틈이 모은 돈으로 재료를 샀다.
나무를 자르고, 돛을 달고, 페인트를 칠하고,
자기의 모든 기술과 정성을 쏟아
드디어 멋있는 보트를 만들었다.
소년은 완성된 보트를 강물에 띄웠다.
강물에 뜬 보트는 아름답고 훌륭했다.
소년의 가슴은 뿌듯했다.
아, 그런데 보트가 강 한가운데에서 하류 쪽으로
급히 떠내려가는 것이 아닌가!
애써 만든 보트를 잃은 소년은 날마다
신문 배달을 마치고 강을 뒤졌지만 보트는 보이지 않았다.
그렇게 몇 주일이 지난 어느 날,
소년은 어느 고물상에서 우연히 자신의 보트를 찾아냈다.
주인에게 자신의 것이라고 사정했지만 갖고 싶으면 돈을

내고 사라는 것이었다.

소년은 석 달이나 신문 배달을 하며 돈을 모았다.

드디어 돈을 마련하여 보트를 샀다.

보트를 사 오던 날,

소년은 보트를 끌어안고 얼굴에 비비며

얼마나 기뻐했는지 모른다.

식인종과 선교사

어느 선교사가 아프리카의 토인들과 살고 있었다. 이 선교사는 행복한 문명국에서의 삶을 포기하고 험한 아프리카에 와서 미개한 토인들을 위해 봉사하고 있었다.

그의 정성 어린 설득과 노력으로 토인들도 많은 것을 깨우쳤다. 그런데 토인들은 꼭 한 가지를 고치지 못했다. 사람 고기를 먹는 것이었다.

아무리 부탁을 해도 이들은 사람을 잡아먹는 버릇은 고치지 못했다.

딱 한 번만 더 먹고 다시는 먹지 않겠다며 다짐하곤 했지만, 매번 되풀이되었다.

어느 날, 이 선교사는 매우 엄하게 이들을 꾸짖었다. 그러자 식인종들은 한 번만 더 먹고 다시는 그렇게 하지 않겠다고 약속을 했다. 선교사는 어쩔 수가 없었다. "좋다. 이번에는 정말 지켜야 한다. 내일 아침 저 언덕에 처음으로 오르는 사람이 마지막이다. 이제 다시는 사람을 먹어서는 안 된다!" 선교사는 비장하고도 단호하게 말했다. 다음날 아침 식인종들이 언덕을 향해 활을 겨누었다. 화살이 날아가 어떤 사람의 몸에 명중했다.

환호성을 지르며 식인종들이 달려갔다.
그러나 그들은 크게 후회하지 않을 수 없었다.
그들을 헌신적인 사랑으로 돌보아 온 선교사가 그들이
쏜 화살에 맞아 쓰러져 있었던 것이다.

소년과 바이올린

프랑스에 다음과 같은 재미있는 이야기가 있다.
　　　　어떤 소년이 푸줏간에 바이올린을 들고 고기를
사러 왔다.
그 소년이 고기를 사고 값을 치르려고 하는데
돈을 가져오지 않은 것을 알았다.
소년은 바이올린을 맡기고 고기를 가져갔다.
물론 돈을 가져 와서 바이올린을 찾아가기로 하고.
그런데 잠시 후 고기를 사러 온 한 젊은 신사가
바이올린을 자세히 보더니, 그 바이올린을 자신에게
팔라고 주인에게 조르는 것이었다.
그렇지만 푸줏간 주인은 소년이 올 때까지
팔 수가 없다고 말했다.
신사 손님은 바이올린을 소중히 다루겠으며
그 소년이 오면 자신이 2만 프랑을 주겠으니
꼭 자기에게 팔도록 해달라고 부탁을 하는 것이었다.

얼마 안 있어 그 소년이 왔다.
주인은 바이올린을 자기에게 팔라고 했다.
그러나 소년은 그 바이올린이 집안의 중요한 물건이어
서 팔 수가 없다고 했다.
주인은 그 소리를 듣자,
바이올린을 자기에게 팔라고 더욱 열심히 설득했다.

주인은 결국 3,000프랑에 그 바이올린을 손에 넣게 되었다.

신사 손님이 2만 프랑에 산다고 했으니 1만 7000프랑이 그대로 남는 셈이어서 주인은 매우 기뻐했다.

그래서 주인은 소년에게 고기 값도 받지 않았다.

그런데 아무리 기다려도 바이올린을 사겠다던 그 신사는 나타나지 않았다. 소년도 보이지 않았다.

아기 달래기

야간 열차가 들판을 가로질러 달리고 있었다.
　　객차 안의 한 젊은 여인이 마구 울어 대는 아기를 달래고 있었다.
승객들은 아기 우는 소리에 시달리고 있었다.
그때 한 중년 남자가
여인을 노려보더니 큰소리를 쳤다.
"아이를 좀 조용하게 할 수 없소?"

그러나 여인은 조용히 말했다.
"아무리 달래도 안 되는군요.
제 아이가 아니에요.
최선을 다하고 있지만 어쩔 수가 없어요."
"그 아이 어머니는 어디 있소?"
남자가 조심스레 물었다.
"죽었답니다.
앞쪽 화물차의 관 안에 있지요."
상복을 입은 그 여인이 말했다.
건장한 그 남자의 눈에 눈물이 고였다.
그는 얼른 일어나
엄마를 잃은 가엾은 아이를 받아 안았다.
그리고는 통로를 걸으며 아이를 달랬다.

목동의 상자

떼 르시아의 한 임금이 시골을 돌아보던 중 총명
하고 마음이 맑은 목동을 만나 그에게 나라일
을 맡겼다.
그는 공정하고 깨끗하게 나라일을 처리하여 주위 사람
들로부터 많은 칭송을 받았다.

그러나 그가 맑은 정치를 해 가니
부정 부패한 무리들이 견디기 어려웠던지
오히려 그를 부정 축재자로 모함했다.
임금은 현명했으나 거듭되는 모함에 할 수 없이
축재의 현장을 가 보았다.
그러나 축재의 흔적은 보이지 않고,
다만 조그만 상자 하나가 발견되었다.
간사한 무리들은 그 상자 안에
온갖 보화가 가득 들어 있을 것이라며
상자를 열어 보자고 했다.

드디어 상자가 열렸다.
그러나 그 안에는
옛날 그가 목동 시절에 입던 옷과 피리만이 들어 있었다.

"폐하! 이것은 소신이 궁정을 떠나 목동 일을 다시 하
게 될 때 쓰려고 준비해 놓은 물건입니다."라고 그는
대답했다.

훈장과 여왕의 눈물

영국의 여왕이 나라에 큰 공을 세운 이들에게 영
예의 십자 훈장을 수여하게 되었다.
상을 받기 위해 모인 사람들 중에는
전쟁에서 부상을 당한 사람들이 많았다.
그런데 그중에 팔과 다리를 모두 잃고
다른 사람들에게 들려서 나온 용사가 있었다.

한 사람 한 사람에게 훈장을 달아 주던 여왕이
팔다리를 모두 잃은 그 군인 앞에 섰다.
훈장을 들고 그를 쳐다보던 여왕이
갑자기 훈장을 떨어뜨리고 뒤로 돌아섰다.
두 손으로 얼굴을 가리고 흐느껴 우는 것이었다.

잠시 후 훈장을 목에 건 용사는
여왕을 위로하며 이렇게 말했다.
"조국과 여왕 폐하를 위해서라면
다시 한번이라도 몸을 바쳐 싸우겠습니다."
용사를 감동시킨 것은 훈장이 아니라 여왕의 눈물이었다.

편견

미국의 한 선생이 아이들과 즐거운 시간을 보내고
있었다. 그런데 갑자기 교장 선생님이 오신다는
전갈을 받았다.
그녀는 어린이들을 한 줄로 정렬시켜
교장 선생님을 맞기로 했다.
먼저 흰 피부의 아이들을 제일 앞에 세웠다.
그리고 황색, 붉은 색, 갈색 피부의 아이들을 그 다음에
세웠으며, 제일 끝에 흑인 아이들을 세웠다.
줄을 다 세워 놓고 보니 만족스럽지 못했다.
왜 흑인 아이들이 맨 뒤에 서야 하는지 불만이었다.
아무래도 그들을 맨 앞에 세워야겠다는 생각이 들었다.
그래서 선생은
다시 줄을 세우기로 했다.

다시 정렬을 하려고 아이들이 뒤섞여 있을 무렵,
교장 선생님의 발자국 소리가 들려왔다.
아이들이 정렬도 하기 전에 교장 선생님이 오시다니,
큰일이었다.
이것저것 따질 틈이 없게 된 선생은
아이들을 뒤죽박죽 있던 그대로 세우고 말았다.
그러나 교장 선생님은 흡족한 표정으로 백인 아이며,
흑인 아이들의 머리를 사랑스럽게 쓰다듬어 주었다.

교장 선생님이 다녀간 후 선생은 고개를 들고
아이들의 얼굴을 바라보았다.
아! 그런데 선생의 눈엔
아이들의 서로 다른 피부 색깔이 보이지 않았다.
다만 그가 사랑하는 여러 어린이들이
천진난만한 웃음을 지어 보이며
함께 어울려 있을 뿐이었다.
선생은 자신의 편견이 부끄러웠다.

소년과 작은 빵

큰 가뭄이 들었다.

인정 많은 한 부자가 마을의 가난한 어린이들을 불러 놓고 이렇게 말했다.

"이 주머니에 매일 빵을 넣어 놓겠다.

매일 와서 한 개씩만 가져 가거라."

그런데 굶주린 어린이들은, 주머니를 내놓기가 무섭게 조금이라도 큰 것을 가져가려고 아우성을 쳐 댔다.

그러고 나서는 인사도 하지 않고 가 버리는 것이었다.

그런데 한 아이는 이 틈에 끼지 않고, 언제나 마지막에 남은 빵을 꺼내 주인에게 고맙다고 인사를 하고 갔다.

하루는 이 착한 소년이 작은 빵을 가져다 어머니와 나누려고 반을 쪼개는데, 빵 속에서 값비싼 보석이 나왔다.

어머니는 놀라워하는 소년에게,

"아무래도 네가 빵을 잘못 가져왔나 보다.

이 보석은 우리 것이 아니니

빵을 주신 할아버지께 돌려드리거라."라고 했다.

보석을 돌려받은 할아버지는,

"늘 감사할 줄 아는 착한 네게 상으로 주려고 일부러 빵 속에 이걸 넣었단다.

난 네가 이렇게 올 줄 알았어. 자, 이건 네 것이다.

어머니에게 갖다 드리거라."라고 하며 소년의 머리를 쓰다듬어 주었다.

오해

외 딴 곳에서 모녀가 여인숙을 경영하며 살고 있
었다. 그 집엔 아들이 하나 있었는데 어려서 가
출을 하여 모녀가 외롭게 살아가고 있었다.
외로움과 가난에 지친 모녀는
어느 날 나쁜 일을 저지르고 말았다.
여인숙에 투숙한 손님을 죽이고는 보석을 꺼낸 후
시체를 강물에 던져 버린 것이다.
처음에는 너무 가난해서 시작했지만
그 후 자주 그런 짓을 하게 되었다.

그날도 돈이 많고 건강하게 생긴 청년이 투숙했다.
모녀는 그에게 마취제를 먹여 살해한 뒤
돈을 찾기 위해 주머니를 뒤졌다.
지갑을 연 모녀는 그의 신분증을 보고는
깜짝 놀라고 말았다.
그들이 살해한 청년은 28년 전에 가출했던 그 집의 아
들이었던 것이다.

알베르 까뮈의 희곡 「오해」에 나오는 이야기이다.

용감한 군인들

한 장군이 전쟁중 적과 대치하게 되었다.
적장은 항복할 것을 요구했다.
그들은 불과 200여 명이었으나 적은 수천 명이나 되었다.
그러나 그곳은 아주 중요한 요충지였기 때문에
아군은 그 요새를 꼭 지켜야 했다.
그렇지만 그들을 지원해 줄 부대는 어디에도 없었다.
보나마나한 싸움이었다.

232명의 병사들이 모였다.
장군은 단검을 빼 들고 땅바닥에 금을 그었다.
"이 싸움에 나서기 싫은 사람은
당장 이곳을 떠날 수 있게 해주겠다.
그러나 나와 함께 적과 싸워 죽기를 원하는 병사는 이
선을 넘어 이쪽으로 오라."
충성스런 병사들은 장군이 그은 선을 넘어 걸어 나왔다.

단 한 사람의 병사만이 그 자리에 서 있었다.
그 병사가 말했다.
"장군님, 저는 몸이 아파 걸을 수가 없습니다.
그 선을 제 뒤쪽에 다시 그어 주실 수 없겠습니까?"
그날 밤 그 용감한 군인들은 사력을 다해 요새를 지킴
으로써 조국에 커다란 승리를 안겨 주었다.

아이들과 꽃씨

아이들을 좋아하는 왕이 있었다.
어느 날 왕은 나라의 소년 소녀들을 불러 모았다.
"이제 봄이구나.
너희들도 화단에 꽃씨를 심어야지.
오늘은 내가 세상에서 가장 예쁜 꽃씨를 너희에게 주겠
다."

왕은 준비한 꽃씨를 아이들에게 하나씩 나누어주면서
이렇게 당부했다.
"이 꽃씨를 갖다가 화분에 정성껏 심거라.
지금부터 석 달 후에 화분들을 이리 가져오너라.
가장 아름다운 꽃을 피운 사람에게는 상을 내리리라."
아이들은 왕으로부터 꽃씨를 받아다가
화분에 심고 정성껏 가꾸었다.

어느덧 석 달이 지났다.
아이들은 그 동안 기른 꽃을 들고 왕에게로 왔다.
모두 울긋불긋 아름다운 꽃들이었다.
왕은 아이들이 가져 온 꽃들을 하나씩 돌아보았다.
왕은 아름다운 꽃들을 보고도 즐거워하지 않았다.

왕은 제일 마지막에 있는 아이에게로 갔다.

"너는 왜 빈 화분을 들고 있느냐?"
"임금님이 주신 씨앗을 심고 정성껏 가꾸었는데도 끝내 싹이 나오지 않았습니다."
이 말을 들은 왕은 아이를 끌어안으며 기뻐했다.
그리고는 커다란 상을 그 아이에게 주었다.
왕은 석 달 전에 생명이 없는 인조 씨앗을 나누어주었던 것이다.

십자가

어 느 젊은이가 어려움에 처했다.
그는 무릎을 꿇고 기도했다.

"하나님이시여, 제게 너무 무거운 십자가를 지우셨습니다."

하나님은 이렇게 대답하셨다.

"내 아들아, 그것이 너무 무겁다면 여기에 내려놓거라."

청년은 무거운 십자가를 내려놓았다.

하나님은 말씀하셨다.

"저기 보이는 많은 십자가 중에서

네가 가지고 갈 만한 것을 하나 골라 보아라."

거기에는 크고 작은 십자가들이 많았다.

그는 거기에서 가장 작은 십자가 하나를 선택했다.

"하나님, 저는 저것을 갖겠습니다."

그가 가느다란 목소리로 말했다.

그러자 하나님께서 대답하셨다.

"내 아들아, 저것은 방금 네가 내려놓은 십자가이니라."

전철 안의 사람들

머리에 짐을 인 한 할머니가 차에 올랐다.
할머니는 얼른 창 쪽을 향해 돌아섰다.
젊은이들이 자신에게 자리를 양보할까 봐서였다.
그러나 아무도 자리를 양보하지 않았다.

눈을 지그시 감고 앉아 있던 할아버지가 자리를 양보했다.
그러자 건너편 자리에 앉아 있던 중년 부인이 일어났다.
그 광경을 본 중년 남자가 일어났다.
그러자 옆 자리의 청년이 일어났다.
청년이 일어나자 바로 옆 자리의 아가씨가
그리고 남학생이, 여학생이 계속 일어났다.
마치 피아노 건반처럼….

마지막으로 졸고 있던 사병이 벌떡 일어났다.
"다들 앉으세요.
제가 가장 튼튼한 두 다리를 갖고 있습니다.
할머니, 이리 앉으십시오."
그러자 할머니는 그 사병을 꾸짖었다.
"무슨 소리여, 그냥 앉아 있어요.
나는 지금 군에 간 아들 면회를 가는 거란 말이여.
외출 나와서나 편히 있다 가야지."
전철 안에는 웃음이 가득했다.

아프리카행

유명한 오르간 연주가이며 신학 교수였던 슈바이처가 어느 날, 여행을 하다가 벌거벗은 흑인의 상(像)을 보게 되었다.

그 모습은 침략 주의자들의 침략상을 보여 주는 것이기도 했지만, 그들의 비인간성도 여지없이 드러내 보이는 것이어서 슈바이처는 양심의 가책을 느끼지 않을 수 없었다.

바로 그날 밤 슈바이처는 남은 생애를 밀림의 불쌍한 원주민들을 위해 바치겠다고, 백인들을 대신하여 속죄하겠다고 서원(誓願)하였다.

그는 그를 아끼는 모든 이들의 만류에도 불구하고 모든 활동을 중단하고 의과 대학에 입학했다.

5년이 지난 후 의사가 되었을 때, 그는 사랑에 빠져 있었다. 그를 아끼는 이들이 환호성을 울렸다.

사랑 때문에 아프리카행(行) 계획을 중단할 것으로 기대했기 때문이었다.

번민을 거듭하던 슈바이처는 유태인 교수의 딸인 헬레네에게 구혼했다.

"나는 아프리카의 불쌍한 원주민들을 돕는 의사가 되려고 이미 결심한 사람이오. 당신의 남은 생애를 나와 함께 아프리카 밀림 속에서 보낼 생각은 없소?"

그러자 헬레네가 대답했다.
"나는 정식으로 간호원 훈련을 받은 사람입니다.
간호원인 나 없이 어떻게 당신 혼자 그런 일을 할 수
있겠습니까?"

그 후 헬레네는 의사이며 남편인 슈바이처의 간호원이
자 아내로서,
그와 함께 30년 동안이나 불쌍한 원주민들을 돌보는
일에 생애를 바쳤다.

이만성의 거짓말

조선 시대 영조 때 이재라는 학자가 있었다.
편모 슬하에서 자란 그가 어렸을 때, 그의 어머니는 단 하나의 혈육인 이재를 데리고 삼촌인 이만성을 찾아갔다.

"이 아이를 맡아서 길러 주십시오."라고 간청했다.

이때 이만성은 어린 조카를 맡아 가르치다가 매라도 때리면 형수가 오해하지 않을까 염려가 되었다.

그래서 사양을 했지만

형수의 간청에 못 이겨 아이를 맡게 되었다.

아이를 맡고 얼마 안 되어 이만성은 형수를 찾아가 눈물을 흘리며 이같이 말했다.

"형수님, 제가 죽을 죄를 지었습니다.

재란 놈이 하도 못된 장난을 치기에 매를 때렸더니 그만 죽어 버렸습니다."

이 말을 들은 형수는,

"걱정하지 마십시오. 사람을 만들려고 때린 것이지 죽으라고 때렸겠습니까? 제 명이 짧아 죽은 것이지요."

라고 대답했다. 그제서야 이만성은,

"지금 말씀 드린 것은 형수님의 마음을 떠보고자 함이었습니다. 거짓말을 하여 죄송합니다. 그렇게까지 저를 믿고 아이를 맡겨 주시니 친자식같이 맡아 가르치겠습니다."라며 돌아갔다.

비정한 목격자들

어느 직장 여성이 늦게까지 일을 하고 혼자서 집으로 돌아가고 있었다.
늦은 밤, 집으로 돌아오던 그녀가
그만 아파트 단지 입구에서 강도를 만났다.
그녀는 아파트를 향해 사람 살려 달라고 소리를 질렀다.
그 소리를 들은 몇몇 집에서 불을 켜더니
사람들이 창문을 열고 내다보았다.
그러나 아무도 나와서 도와 주려 하지 않았다.
그녀는 갖고 있던 모든 것을 강도에게 빼앗기고 공포에
질린 채 자기가 사는 아파트 동(棟)을 향해 뛰었다.

현관으로 들어서려는 순간,
다시 못된 청년들을 만났다.
그녀는 다시 큰소리로 자신의 위급함을 애절하게 알렸다.
그러나 몇몇 집이 문을 열고 잠시 내다보았을 뿐,
곧 문을 닫아 걸고 들어가 버렸다.
혼자 저항을 하던 그녀는
그날 밤 강도들에게 피살되고 말았다.
다음날 아침, 경찰이 어젯밤 그녀의 비명을 들은 사람이
몇 명이나 되는지를 조사했다.
모두 38명이나 되었다.

그런데도 아무도 그녀를 도와 주지 않은 것이다.
38명의 목격자-실제로 뉴욕에서 있었던 일이다.

뺑소니 택시에 치인 사람이 중상을 입고 길에 쓰러졌다.
이를 목격한 행인들이 그를 병원에 옮기려 했으나
지나가던 차량들이 태우기를 거부했다.
무려 20대나….
결국 행인들이 차도를 막고 시내 버스를 세워 환자를 병
원에 옮겼다.
서울 화양동 네거리에서 있었던 일이다.

선생님의 선물

어느 선생님이 자기가 가장 아끼는 귀한 시계를
아이들에게 주고 싶었다.
먼저 제일 키가 큰 아이에게 시계를 꺼내 보이며 말했다.
"네가 이것을 갖고 싶다면 네게 주겠다."
그러자 이 어린이는 선생님이 농담을 한다고 생각했는
지 생글생글 웃기만 했다.
선생님은 다음 어린이에게도 똑같이 말했다.
그 아이도 손을 내밀면 남들의 웃음거리가 될 것 같아
웃기만 했다.
선생님은 키가 작은 한 아이에게도 같은 말을 했다.
그러자 그 어린이는 얼른 그 시계를 받아
제 주머니에 넣으면서 꾸벅 인사를 했다.

선생님은 말했다.
"참 고맙다.
네가 내 말을 믿어 주었구나. 이제 그 시계는 네 것이니
잘 보관해라. 태엽 감는 것 잊지 말고…."
그제야 두 아이는,
"정말 주는 거예요?
그럴 줄 알았으면 진작 내가 가졌을 것을…."이라며 후
회했다.

제3부 마지막 그 한마디

나는 아무 짓도 하지 않았다

그 사람은 자기가 다른 사람들과는 다르기 때문에 그들과 함께 처형당하는 것이 억울하다고 생각했다.

다른 사람들은 모두 저항 운동에 가담했다가 잡혀 왔으니 처형당하는 것이 마땅하다고 그는 생각했다.

자신은 장사나 하고 돈이나 벌며 살다가 잘못 잡혀온 사람이다,

저항 운동과는 관계가 없는 사람이고 또 저항 운동에 아무런 관심이 없는 사람이다,

그는 자신이 억울하게 처형을 당하게 되었다며 고함을 질러 댔다.

"나는 아무 짓도 하지 않았다! 나는 저항 운동을 한 일이 없다. 그런데 내가 왜 억울하게 죽임을 당해야 한단 말인가?"

오래 전 우리 나라에 소개되었던 영화 「로베레 장군」에 나오는 인상 깊은 한 장면이다.

나치에 저항했던 많은 레지스탕스, 곧 저항 운동가들이 감옥에서 처형당할 때, 저항 운동에 참여한 적이 없으면서 잘못 잡혀 온 한 사나이가 처형을 앞두고 대단히 억울해 하는 모습이다. 이때 순순히 처형을 기다리던 한 저항 운동가가 이렇게 타이른다.

"당신이 아무 짓도 하지 않았다는 것,
그것이 바로 당신이 죽어 마땅한 이유요.
전쟁은 5년이나 계속되었소.
수백만 명의 사람들이 무참히 피를 흘렸고
수많은 도시들이 파괴되었고
조국과 민족은 멸망 직전에 놓여 있었소.
그런데 도대체 당신은 왜 아무 일도 하지 않았단 말인가?"

두 가마의 행차

어 느 좁다란 고갯길에서 공교롭게도 신부의 행차
둘이 서로 부딪치는 바람에 시비가 벌어졌다.
두 신부의 집안은 서로 학문의 계통이 달라
오랫동안 다투어 온 가문들이었다.
고개가 좁긴 했지만 가마가 비켜갈 수 없을 만큼
좁은 길목은 아니었다.
그러나 비켜가는 가마 쪽의 가문이 굽히는 것이라는
생각 때문에 어느 한쪽도 양보를 할 수 없는 상황이 된
것이다.

무려 사흘을 버텼다.
나중에는 학문의 계통을 서로 같이하는 유생과 문하생
들까지 나와 응원을 하며 같이 버텼다.
두 문하는 서로의 학문을 헐뜯으며 반목해 온 사이였
기 때문에 상황은 갈수록 절박해졌다.
두 눈을 부릅뜨고 연 사흘을 맞서 온 두 가문이 학문과
가문의 명예를 더럽히지 않고 사태를 해결할 방법을
찾아냈다.
그건 두 가문의 딸들에게 자결을 강요하는 것이었다.
슬그머니 무거운 돌덩이가 하나씩 두 가마 속으로 들
어갔고, 곧이어 두 딸은 그것을 붉은 비단 치마에 싸
안고, 벼랑 밑의 강으로 뛰어내렸다.

시집가던 두 가마는 신부를 강바닥에 가라앉히고
오던 길을 되돌아가고 말았다.
조선 시대 광해군 때 경남 하동군의 가마고개에서 있
었다는 얘기이다.

눈높이

영국의 대영박물관에 젊은 신사가 들어왔다.

　　그는 작품 앞으로 가더니 허리를 구부린 불편한 자세로 전시된 작품들을 보기 시작했다.

마치 정상인이 아닌 것처럼 엉거주춤한 자세로 작품들을 하나씩 감상하고 돌아갔다.

그 다음날 그 신사가 다시 왔다.

이번에는 한 무리의 아이들을 데리고 왔다.

그는 아이들에게 작품에 대해 아주 자세히 설명해 주었다.

전날의 바로 그 엉거주춤한 자세로.

아이들은 설명에 귀를 기울였다.

박물관 직원이 그에게 물었다.

"선생님, 어제는 왜 허리를 숙이고 작품들을 감상하셨습니까? 오늘은 아이들에게 설명을 해주느라 그러셨겠지만."

그러자 선생은 이렇게 대답했다.

"아이들이 볼 수 있는 눈높이에서 작품들을 보고 설명해 주려고요."

뱃사공과 학자들

세 사람의 학자가 강을 건너려고 나룻배를 탔다. 한 학자가 늙은 뱃사공에게 말을 걸었다.

"노인장! 천문학에 대해 좀 아시오?"

그러자 뱃사공은,

"나는 평생 노만 저어서 그런 것은 잘 모릅니다."

라고 대답했다.

학자는, "허, 긴 인생을 헛살았군." 하며 빈정댔다.

얼마를 더 가다가 이번에는 다른 학자가 말을 걸었다.

"뱃사공! 그러면 철학에 대해서는 좀 아시오?"라고 물었다. 노인이 이번에도 같은 대답을 하자,

"평생을 헛살았군."이라고 했다.

한참을 가는데 또 다른 학자가,

"심리학이나 생물학에 대해서는 아시오?"라고 물어 왔다.

짜증이 난 노인은 대꾸도 하지 않았다.

학자는 혀를 차며 불쌍하다는 듯 뱃사공을 쳐다보았다.

그때 갑자기 날씨가 잔뜩 흐려지면서 비바람이 몰아치기 시작했다.

나룻배가 뒤집혀 모두 물에 빠지고 말았다.

헤엄을 치면서 뱃사공이 세 학자를 향해 물었다.

"당신들 수영하는 법에 대해 좀 아시오?"

세 사람의 학자는 살려 달라며 강 한가운데서 허우적거렸다. "인생을 헛살았군…."

여인과 목걸이

그 녀는 젊고 사교적이며 예쁜 여인이었다.
어느 날 그의 남편이 화려한 무도회의 초청장을 갖고 왔다. 그래서 그녀는 잘사는 친구로부터 무도회에 걸고 갈 만한 좋은 목걸이 하나를 빌렸다.
그 아름다운 목걸이를 목에 건 부인은 그날 밤,
여러 손님들로부터 참 아름답다는 칭송을 받았다.
그런데 춤이 끝난 후 살펴보니,
어처구니없게도 목걸이가 없어진 것이었다.
큰일이었다. 친구에게 빌려 온 목걸이를 잃어버리다니…. 그들 부부는 급히 돈을 꾸어 똑같은 목걸이를 산 후 친구에게 돌려주었다.
꽤 오랜 세월이 흘렀다.
그 동안 그들 부부는 꾼 돈을 갚기 위해 땀을 흘려야 했다.
그 엄청난 빚을 갚기 위해 집도 팔았다.
고생 끝에 빚을 다 갚은 부부는 목걸이를 빌려 주었던 옛 친구 부부를 찾아갔다.
그녀는 목걸이 얘기며,
그 동안 겪은 고생스러웠던 생활을 다 털어놓았다.
그런데 이야기를 듣고 난 친구는,
몹시 안타까워하는 것이었다.
그때 빌려 주었던 목걸이는 싸구려 모조품이었다며….

뜯기 어멈, 여닫 어멈

한 고을에 일을 잘하지 못하는 여인이 있었다.
바느질 솜씨가 서툴러 '뜯기 어멈'이라는 별명
을 얻었다.

그런데 이 여인은 살림이 어려워 남의 집에 가서 바느
질을 해주고 밥을 얻어먹곤 했다.

아침부터 일을 시작했지만

뜯었다 기웠다, 기웠다 뜯었다만 되풀이하고 있었다.

이를 눈치 챈 주인도 점심을 줄까 말까 하며 솥뚜껑을
열었다 닫았다, 닫았다 열었다만 되풀이했다.

주인의 눈치를 알아챈 여인은

점심을 포기하고 자리에서 일어났다.

집을 나서는데 주인이

"잘 가요, 뜯기 어멈!" 하고 말했다.

뜯었다 기웠다만 되풀이한다고 하여

첫자만 따서 그렇게 불렀던 것이다.

졸지에 뜯기 어멈이 된 여인도 주인을 향해 이렇게 말
했다.

"그럼, 잘있어요. 여닫 어멈!"

솥뚜껑만 열었다 닫았다 했기 때문이다.

환자와 의사

정 신과 의사에게 환자가 찾아왔다.

의사가 보니 우울증이 심한 것 같았다.

"어디가 편찮으신지요?"

"선생님, 저는 자살하고 싶습니다.

도저히 살고 싶지 않아요.

공연히 우울하고 슬퍼져요.

좋은 치료법이 없을까요?"

의사는 그에게 이렇게 말했다.

"선생의 병은 그리 심각하지 않아요.

우선 환경을 바꾸어 보세요.

즐거운 일을 만드세요."

"그럼 당장 어떻게 하면 좋겠어요?"

"이렇게 해보시죠.

오늘 저녁에 그 유명한 서커스 광대의 공연이 있다더
군요.

이름이 그리말디라든가….

그 사람의 공연을 보고 나면 기분이 달라질 거예요."

"선생님, 사실은 제가 바로 그 광대 그리말디란 말입니다."

광대는 자리에서 일어나 아까보다 더 괴로운 표정으로
밖으로 나가 버렸다.

어떤 사고

어 떤 사람이 밤늦게 피곤한 몸으로 자동차를 몰
고 퇴근을 하다가 자전거를 타고 가는 어린 소
년을 치었다. 갑자기 사고를 낸 그는 놀라 그 소년을
버리고 뺑소니를 쳐버렸다.
뒤늦게 경찰이 현장에 도착했을 때
그 소년은 이미 생명을 건질 가망이 없는 상태였다.
목격자의 진술에 따라 경찰이 한 골목에서 사고를 낸
차를 찾았다.

운전자는 자기 집 다락방에 숨어서 술을 마시고 있었다.
그를 구속한 경찰은 생명을 잃은 소년의 부모를 수소
문했다. 그런데 그 소년의 아버지가 바로 사고를 낸 운
전자일 줄이야.
그 소년은 사고를 낸 운전자의 아들로 학교에서 돌아오
다가 사고를 당한 것이었다.
급히 병원으로 데리고 갔던들….

황제의 편지

추운 겨울날이었다.
　　나폴레옹이 도망을 치다가 어느 집에 들어가
도움을 청했다.
주인은 그를 딱하게 여겨 침실 이불 밑에 숨겨 주었다.
병사들이 칼로 이불 한가운데를 찔렀지만
나폴레옹은 다행히 아무 상처도 입지 않았다.
위기를 모면한 나폴레옹은 주인에게 소원을 말하라고
했다.
그러자 주인은 구멍난 지붕을 고쳐 달라고 했다.
보잘것없는 것이어서 한 가지만 더 말하라고 했지만,
역시 보잘것없는 것이었다.

나폴레옹은 자신이 프랑스의 황제임을 말하고는
다시 한번 소원을 말하라고 했다.
주인은 한참 생각을 하더니 싱글싱글 웃으며 이렇게
물었다. "폐하께서 제 침대에 숨어 계실 때,
병사들이 칼로 이불을 찔렀었죠?
그때 폐하의 기분이 어떠셨는지요?"
이 말에 나폴레옹은 매우 화가 났다.
그를 괘씸히 여긴 나폴레옹은,
부하에게 그를 붙잡아 들여 총살시키라고 명했다.
병사들이 총살대를 향하여 총을 겨누었다.

장교가 구령을 붙였다.
"하나, 둘, 셋….'
그때 전령이 사형 집행을 중단시키더니,
사형수에게 황제가 보낸 편지를 한 장 건네 주었다.
그 편지엔 이렇게 씌어 있었다.
"그때 내가 어떤 기분이었는지 이제야 알겠는가?"

24층 오르기

미국에 유학 간 세 학생이 고층 아파트에 방을 얻어 함께 지내고 있었다.

어느 날 외출하고 돌아와 보니 정전이어서 엘리베이터가 움직이지 않았다.

그중 한 학생이 이야기를 하면서 천천히 걸어 올라가자고 했다.

좋은 생각이라며 다 같이 계단을 올라가기 시작했다.

철학을 전공하는 학생이 철학에 관한 얘기를 꺼냈다.

이어 법학을 전공하는 학생이 얘기를 이끌어 나갔다.

마지막으로 신학을 하는 사람이

종교에 대해 흥미롭게 이야기를 하다 보니

어느덧 그들이 묵고 있는 24층에 도착했다.

그들은 지칠 대로 지쳐서 다리가 후들후들거렸지만,

지루하지 않게 올라왔다며 좋아했다.

그런데 방문을 열려고 보니 열쇠가 없었다.

아무도 수위실에서 열쇠를 가져 오지 않았던 것이다.

휴식

나 이가 지긋한 중년의 남자와 젊은 청년이 벌목꾼
으로 함께 일하게 되었다.

아침에 둘이서 벌목을 시작했다.

나이가 많은 사람은 힘이 들어 천천히 일을 했다.

50분 일하고 10분간 쉬곤 했다.

젊은이는 힘이 좋아서인지 쉬지 않고 부지런히 일했다.

저녁이 되었다.

두 사람은 잘라 낸 나무들을 비교해 보았다.

젊은이는 깜짝 놀랐다.

나이가 많은 이의 것이 훨씬 더 많았기 때문이었다.

어찌 된 영문인지 몰라 묻는 젊은이에게,

나이가 많은 사람은 이렇게 말했다.

"젊은이, 나는 일만 계속하지 않고

잠깐씩 무디어진 도끼를 갈았다네.

그리고 에너지도 충전했지."

칩 뱉을 자리

이 집트에 한 유명한 학자가 있었다.
선비답지 않게 부귀와 영화를 좋아하던 그가 어
느 날 이솝을 집에 초대했다.
방의 벽이랑 기둥은 모두 금과 비단으로 감싸고
대리석 바닥에는 발목이 푹푹 빠지는 융단을 깔아 놓고
음식도 없는 것이 없을 정도로 잘 차려 냈다.

이솝은 집 안팎을 두루 살펴보고 나서 감탄하며,
"이 세상에 이처럼 아름답고 깨끗한 저택은 처음입니다."
라며 칭찬했다.
바른말 잘하기로 유명한 이솝으로부터 칭찬을 받자,
학자는 만면에 웃음을 띠고 흡족해 했다.

바로 그때 이솝이 그 학자의 얼굴에 침을 뱉았다.
그 자리에 있던 모든 사람들이 당황하고 놀란 나머지 어
쩔 줄을 몰라 했다.
이솝은 태연하게 말했다.
"오해하지 마십시오.
침을 뱉고 싶은데, 집이 하도 아름답고 깨끗해서
어디 마땅한 자리가 있어야죠."

스타의 꿈

미국의 존슨 대통령이 재임중에 파키스탄을 방문한 적이 있었다. 존슨은 환영 인파 앞에서 마부한 사람을 발견하고 그와 악수를 했다.
그리고 그를 백악관으로 초청하겠다고 했다.

미국의 대통령으로부터 파격적인 초청을 받은 마부는 매우 기뻤다. 신문과 방송에서는 이 행운의 마부를 취재하기 시작했다.
마부는 갑자기 사람들이 부러워하는 스타가 되었다.
스타가 되고 나니 마부는 마차를 끌고 다니기가 싫어졌다. 지금과 같은 초라한 모습으로 백악관에 가고 싶지 않았다. 그는 돈을 빌려 새로운 옷을 사 입었다.
그리고 마부 일을 때려치우고 조그만 회사를 차려 사장이 되었다. 사람들은 백악관 초청을 담보로 그에게 많은 돈을 빌려 주었다.
그런데 아무리 기다려도 백악관으로부터
연락이 없었다.

어느덧 존슨의 임기가 끝나고 마부의 미국 초청은 무산되고 말았다.
돈을 빌려 준 사람들이 사방에서 몰려들어 그는 끔찍한 시련을 당했다.

파키스탄 마부는 순식간에 초라한 마부로
다시 돌아오고 말았다.
그렇지만 얼마 동안 맛본 화려한 생활의 매력 때문에
그는 마부 노릇조차 할 수 없었다.

'설마' 호의 최후

크고 아름다운 여객선 한 척이 항해를 시작했다.
출항한 지 3일이 되던 날,
항로에 빙산이 있는 것 같다는 신호가 들어왔다.
무선사는 그럴 리가 없다고 생각했다.
얼마 후 똑같은 신호가 다른 배로부터 들어왔다.
무선사는 메모도 하지 않았다.
세 번째로 같은 신호가 들어오자 항해사는 선장에게
보고했다.
선장은 회사에 연락을 했지만 책임자는 그걸
휴지통에 넣고 말았다.
네 번째 경고 신호가 들어오자
선장은 빙산이 나타나는지 잘 살펴보라고 지시했다.
다섯 번째 경고 신호가 들어왔다.
빙산은 보이지 않았다.

배는 속도를 낮추지 않고 계속 전속력으로 달리고
있었다.
2시간 후 다른 배로부터 신호가 왔다.
빙산을 조심하라는….
배의 부서지는 소리가 무선을 타고 들려왔다.
그로부터 10분 후 '빙산이다!' 라는 소리가 들려왔다.
그러나 너무 늦어 배는 거대한 빙산과 부딪치고 말았다.

그리고 서서히 침몰하기 시작했다.
'설마'가 1,516명을 수장시킨 것이다.
1922년에 있었던 타이타닉호의 사고 이야기이다.

진주 찾기

유 명한 보석상에 한 손님이 들어왔다.
부인의 생일 선물로 특이한 진주를 찾았다.
그는 진열대에서 희귀한 진주를 하나 고르더니
5천만 원을 주고 사갔다.
가격보다 훨씬 많은 금액이었다.

며칠 후 그가 보석상에 다시 찾아왔다.
전에 가져 간 진주에 아내가 매료되었다며,
그걸로 귀걸이를 만들고 싶으니 똑같은 것을 구해
달라고 했다.
그러나 그 보석상에는 똑같은 진주가 없었다.
손님은 어떻게든지 똑같은 진주를 구해 달라고 부탁했다.
똑같은 걸 구해주면 1억 5천만 원을 내겠다고 말했다.
1억 원이라면 상당히 큰 금액이었지만,
그래도 보석상으로서는 진주만 구하면 5천만 원이나
남는 셈이었다.
그 광고를 보고 어떤 여인이 똑같은 진주를 가져 왔다.
보석상은 두말 없이 1억 원을 주고 진주를 받았다.
그러나 진주를 구해 달라던 손님은 끝내 오지 않았다.
그도 그럴 것이 보석상이 1억 원에 사들인 진주는
전에 5천만 원에 팔았던 바로 그 진주였던 것이다.

3년 말린 쑥

세 상에는 참 게으른 사람도 다 있다.
어느 환자가 의사를 찾아와 병을 고쳐 달라고
간청했다.
의사는 3년 동안 말린 쑥을 달여 먹으라고 했다.
그렇지만 3년 동안 말린 쑥을 구할 수가 없었다.
환자는 쑥을 찾아 나선 지 7년만에 죽고 말았다.
자기 손으로 즉시 쑥을 뜯어다 3년 동안 말렸더라면
병이 바로 나았을 텐데,
남이 만든 쑥을 구하려다 끝내 죽고 만 것이다.

굴 속의 노인

70세만 넘으면 부모를 먼 산에 내다 버리는 기로국(耆老國)에, 왕에게 충성하고 부모에게도 효성이 지극한 신하가 있었다.

그 신하의 아버지가 70세를 넘게 되었다.

그렇지만 효성이 지극한 그는 자신을 낳아 양육시켜 준 부모를 산에 갖다 버릴 수가 없었다. 그래서 뒤뜰에 아무도 모르게 굴을 파고 아버지를 모셨다.

그런데 이웃의 강대국이 풀기 어려운 문제를 보내 트집을 잡기 시작했다.

첫째 문제는 두 마리의 뱀이 든 상자를 주면서 수컷과 암컷을 구분하라는 것이었다.

둘째 문제는 큰 코끼리 한 마리를 보내니 정확한 무게를 알아맞히라는 것이었다.

셋째 문제는 한 움큼의 물이 큰 바다의 물보다 많은 경우를 설명하라는 것이었다.

넷째 문제는 아래위를 똑같이 잘라 다듬은 방망이를 주며 어느 쪽이 위인지를 찾아내라는 것이었다.

다섯째 문제는 똑같은 암말 두 필 중에서 어미 말이 어느 것인지 알아내라는 것이었다.

조정에서는 이 문제를 푸는 자에게 후한 상을 내걸었지만 아무도 문제를 풀지 못했다.

수심에 가득 찬 얼굴로 굴 속의 아버지를 찾아간 아들
로부터 자초지종을 들은 아버지는,
아들을 위로하면서 쉽게 답을 풀어 주었다.
부드러운 담요 위에 뱀 두 마리를 꺼내 놓았을 때,

가볍게 뛰고 움직이는 것이 수컷이고
가만히 있는 것은 암컷이라고 했다.
코끼리의 무게를 잴 수가 없으니, 코끼리를 배에 싣고
물이 넘쳐나는 높이에 선을 그어 놓는다.
그런 다음 다시 배가 그 선까지 가라앉는 만큼 코끼리
대신 모래를 싣고, 실었던 모래의 무게를 달아 보면 된
다고 둘째 문제를 풀어 주었다.
비록 한 움큼의 물이라도
꼭 필요한 늙은 부모나 병든 이에게 주면,
그 공덕이 바다보다 크다고 셋째 문제를 풀이했다.
방망이를 물에 넣으면
부리 쪽은 반드시 가라앉는다고 가르쳐 주었다.
그리고 두 필의 말에게 먹을 풀을 주었을 때,
덜 먹고 다른 한 마리 말에게 풀을 밀어 주는 말이 바
로 어미 말이라고 했다.
신하로부터 문제의 답을 들은 왕이 크게 기뻐하며
문제를 풀어 낸 비결과 소원을 물었다.
신하는 자신이 국법을 어긴 사실을 이야기한 후,
노인을 산에 버리는 악법을 폐지할 것을 원했다.
왕은 즉시 그 법을 폐지하고
노인에게 효도할 것을 온 나라에 명했다.

메기의 추격

어 부들의 관심사는 고기를 많이 잡는 것이기도 하지
만 잡은 고기를 싱싱하게 산 채로 육지까지 가져
오는 것이다.
먼 바다에서 청어를 잡아 육지로 가져 오면
대부분의 고기들은 죽어 버려 비싸게 팔 수가 없었다.
그런데 한 영리한 어부가 있었다.
그가 잡아 온 고기들은 언제나 싱싱하게 살아 있었다.
그는 다른 어부들보다 비싼 값에 고기를 팔았다.
이상히 여긴 다른 어부들이 그에게 비결을 가르쳐 달라고
사정했다. 알고 보니 그는 고기를 넣은 통에
메기를 한 마리씩 집어 넣는다는 것이었다.
다른 어부들이 물었다.
"메기와 함께 집어 넣으면 메기가 고기를 잡아먹지 않소?"
어부는 이같이 대답했다.
"물론 메기가 고기를 잡아먹지요.
그러나 기껏 먹어 봤자 몇 마리나 먹겠어요."
다른 어부들은 고개를 끄덕였다.
"메기가 고기를 쫓아다니면 통 속의 모든 고기들이 잡아먹
히지 않으려고 도망 다니게 됩니다.
육지에 도착할 때까지도 도망 치느라 싱싱하게 살아 있습
니다. 좀 잔인한 방법이기는 하지만…"

서점 주인의 대답

한 손님이 서점 문을 밀고 들어왔다.
"이 책 얼마짜리요?"
"3,500원입니다."
손님은 조금 비싸다고 생각했다.
"3,000원만 합시다."
"그렇다면 3,600원을 주셔야겠습니다."
"아니, 조금 깎아 달라니까 오히려 비싸게 부르네요?"
"그럼 3,700원을 주셔야겠습니다."
"아니 이건 점점 비싸지지 않소?"
그러자 책방 주인은 이렇게 말했다.
"시간은 돈이라는 말도 못 들었습니까?
손님께서 자꾸 쓸데없이 제 시간을 빼앗으니
책값이 점점 비싸지는 게 아닙니까?"

이 사람

이 런 사람이 있었다.

이 사람은 누구일까?

22세에 사업에 실패했다.

23세에 주 의회 의원 선거에서 낙선했다.

24세에 사업에 또 실패했다.

25세에 주 의회 의원에 당선 되었지만,

26세에 사랑하는 여인을 잃고,

27세에 신경 쇠약과 정신 분열증으로 고생해야 했다.

29세에 의회 의장 선거에서 낙선했으며,

31세에 대통령 선거에 낙선했다.

34세에 국회 의원 선거에서마저 낙선했다.

37세에 국회 의원에 당선되었으나,

39세에 또다시 국회 의원 선거에 낙선하고 말았다.

46세에 상원 의원 선거에 낙선하고,

47세에 부통령 선거에 낙선하고,

49세엔 상원 의원 선거에서도 낙선하고 말았다.

그러나 51세에,

드디어 대통령에 당선되었다.

그가 바로 아브라함 링컨이다.

이상한 장난

슈바이처가 어느 날 토인들에게
유럽에 전쟁이 일어났다는 사실을 말해 주었다.
얘기를 듣고 있던 늙은 토인 한 사람이
슈바이처에게 질문을 했다.
"그 전쟁이라는 게 일어나면
한 열 사람쯤 죽게 되나요?"
질문을 받은 슈바이처 박사는 어이가 없었다.
"아닙니다.
그 정도가 아니고 수를 헤아릴 수 없을 정도로
많은 사람이 죽게 된답니다."
이 말을 들은 토인들은
서로 얼굴을 쳐다보며 의아해 했다.

처음에 질문을 했던 늙은 토인이 또다시 입을 열었다.
"그것 참 이상하네요.
백인들은 죽은 사람을 우리처럼 먹지도 않으면서,
왜 그렇게 한꺼번에 많은 사람을 죽이는 장난을 할까요?"

귀중품 보관

여행을 하던 한 신사가 허름한 호텔에 묵게 되었다.

빈 방이 없어 다른 사람과 한방을 써야 했다.

밤이 되었다.

그런데 영 잠이 오지 않았다.

저쪽 침대의 손님도 잠이 오지 않는지

잠자리에서 일어나 조용히 밖으로 나갔다.

잠이 오지 않는 건 옆 자리의 손님 때문이었다.

그 손님이 잠시 밖으로 나간 사이

그는 벌떡 일어나 여행비가 든 지갑과

귀중품이 든 가방을 들고 현관으로 나갔다.

그리고 물품 보관소로 갔다.

잠든 사이에 옆 자리의 손님이

자신의 귀중품을 훔쳐 갈지도 모른다는 생각 때문에

잠을 이룰 수가 없었던 것이다.

그때 호텔 직원이 말했다.

"같은 방에 계신 다른 손님도

방금 귀중품을 맡기고 가셨습니다."

소크라테스와 젊은이

한 젊은이가 소크라테스를 찾아왔다.
"선생님, 저는 지혜와 학식을 원합니다.
그래서 아주 먼 길을 달려왔습니다."
소크라테스는 그를 데리고 해변으로 갔다.
그리고 물이 허리에 찰 때까지 바다로 데리고 들어갔다.
그런데 갑자기 소크라테스가 그의 머리를 잡더니
물 속으로 밀어 넣는 것이었다.
그는 놀랐고 숨이 차서 버둥거렸으나,
소크라테스는 그대로 붙들고 있었다.
한참 후 소크라테스는 그를 해변에 데려다 눕힌 후 혼
자 돌아왔다.

정신을 차린 젊은이가 소크라테스에게 다시 찾아와
그 이유를 묻자, 소크라테스는
"물 속에 있을 때 자네가 가장 갈급했던 게 무엇이었는가?"
라고 물었다.
청년이 말했다.
"숨을 쉬고 싶었습니다."
그 말을 들은 소크라테스가 이렇게 말했다.
"자네가 물 속에서 공기를 원했던 만큼 지혜와 학식을
원한다면, 그걸 누구에게 가르쳐 달라고 물어 볼 여유
가 없을 걸세."

보석 보따리

두 사람이 여행을 하고 있었다. 그때 그들이 가는 길에 값비싼 보석이 가득 든 보따리가 하나 떨어져 있었다. 조금 앞서 가던 이가 그것을 주웠다.

함께 가던 이가,

"우리가 이렇게 귀한 것을 주웠으니 남은 여행은 고생을 하지 않아도 되겠군." 하며 기뻐했다.

그러나 보따리를 주운 이가 냉정하게 잘라 말했다.

"우리가 주운 것이 아니라, 내가 주운 것일세. 자네가 기분 좋아할 일이 아닐 텐데…."

얼마쯤 더 걸어가고 있을 때 뒤쪽에서 왁자지껄한 소리가 들려왔다. 돌아보니 많은 사람이 몽둥이를 들고 그들을 향해 달려오는 것이었다.

"우리 보물을 훔쳐 간 도둑들이 저기에 있다. 빨리 저놈들을 잡아서 혼내 주자!"

사실 그들은 보석 보따리를 훔친 것은 아니었지만, 그들에게 붙잡히면 혼이 날 것이 뻔하였으므로 두 사람은 있는 힘을 다해 도망쳤다.

그러나 앞에 강이 가로놓여 있어 더 이상 도망칠 수가 없게 되었다.

그때 보따리를 주운 사람이 이렇게 말했다.

"아! 이제 우리는 끝장이야. 우린 꼼짝없이 저 사람들에게 잡혀 혼이 나게 생겼네."

그러자 이 말을 들은 다른 한 사람이 이렇게
말하는 것이었다.
"우리가 끝장이 나는 게 아니고, 자네가 끝장이 나는
것일세.
보따리를 주운 것은 내가 아니라 자네니까 말이야."

큰 돌과 작은 돌

두 여인이 노인에게 가르침을 받으러 왔다.
한 여인은 자신이 젊었을 때 남편을 바꾼 일에
대해 괴로워하며 스스로를 용서받을 수 없는 큰 죄인
으로 여기고 있었다.
다른 한 여인은 인생을 살아오면서 도덕적으로 큰 죄를
짓지 않았기에 어느 정도 만족하고 있었다.

노인은 앞의 여인에게는 커다란 돌을,
뒤의 여인에게는 작은 돌들을 가져 오라고 했다.
두 여인이 돌을 가져 오자,
노인은 들고 왔던 돌을 다시 제자리에 두고 오라고 했다.
큰 돌을 들고 왔던 여인은 쉽게 제자리에 갖다 놓았지만,
여러 개의 작은 돌을 주워 온 여인은 원래의 자리를 일일
이 기억해 낼 수가 없었다.

노인은 말했다.
"죄라는 것도 이와 마찬가지이니라. 크고 무거운 돌은 어
디에서 가져 왔는지 기억할 수 있어 제자리에 갖다 놓을
수 있으나, 작은 돌들은 원래의 자리를 잊었으므로 도로
갖다 놓을 수가 없는 것이다.
큰 돌을 가져온 너는,
한때 네가 지은 죄를 기억하고 양심의 가책을 받아 겸허

하게 견디어 왔다.
그러나 작은 돌을 가져온 너는,
비록 하잘것없는 일 같아도 네가 지은 사소한 죄들을
모두 잊고 살아온 것이다.
뉘우침도 없이 죄의 나날을 보내는 데 버릇이 들었다.
너는 다른 사람의 허물을 이것저것 말하면서
자신이 더욱 깊은 죄에 빠진 것은 진정 모르고 있다.
인생은 바로 이런 것이다."

더러운 손

장난을 좋아하는 소년이 있었다.

하루는 선생님이 그의 더러운 손을 보게 되었다.

선생님은 다음날에도 그렇게 더러운 손으로 학교에 나오면 때려 주겠다고 말했다.

다음날 아침, 선생님은 그를 불러 손을 살펴보았다.

역시 소년의 손은 더러웠다.

"손바닥 내밀어!"

선생님은 회초리를 들었다.

소년은 얼른 손바닥을 펴서 바지에 열심히 닦았지만 손은 여전히 더러웠다.

그러한 그가 안됐던지 선생님은 웃으면서 말했다.

"이 손보다 더 더러운 손을 우리 반에서 찾으면 너를 용서해 주겠다."

그러자 이 영리한 소년은 얼른 다른 한쪽 손을 펴 보였다.

정말 더 더러운 손이었다.

이 소년이 바로 미국의 위대한 정치가이며 웅변가인 다니엘 웹스터(1782~1852)이다.

식인종과 포크

어느 식인종이 옥스포드 대학에 유학을 하고 있었다. 그는 아프리카의 한 부족의 추장 아들이었다. 그는 우수한 성적으로 명문 옥스포드 대학을 졸업하고 본국으로 돌아왔다.

10년 후 어떤 여행가가 아프리카를 여행하던 중 그 동창생을 만났다.

그는 어느새 추장이 되어 있었다.

아프리카에서는 아마 유일하게 대학 출신의 추장이었을 것이다.

추장은 동창생을 반갑게 맞으며 식사를 대접했다.

그런데 그 추장은 다른 식인종과 마찬가지로
사람 고기를 먹는 것이었다.

동창생은 깜짝 놀라,
"대학까지 공부한 사람이 어떻게 사람 고기를 먹는가?"
라고 물었다.

그랬더니 추장은 한 손을 높이 들어 보이며,
"하지만 나는 포크로 먹지 않나.
저기를 보게.
다른 사람들은 손으로 먹고 있지 않는가?
이게 배운 사람과 못 배운 사람의 차이라네."

광대와 임금

임금의 직위란 화려한 것 같지만
한편으로는 외롭고 쓸쓸한 자리여서
서양의 임금들은 곁에 광대를 두었다.
임금도 사람이라 농담도 하고 장난도 치고 싶은 법이다.
그렇다고 신하들과 그럴 수는 없는 노릇이어서 광대를
두어 임금과 농담도 하고 장난도 칠 수 있도록 법으로 허
용해 놓은 것이다.

그런데 한 광대가 임금을 향하여
그만 지나친 농담을 하고 말았다.
임금은 기분이 상하여 광대를 혼내 주기로 했다.
농담과 장난을 좋아하는 임금은
광대에게 농담으로 사형을 선고해 버렸다.
광대는 그것이 농담인 줄 알고 대수롭지 않게 넘겼다.
그러나 정작 사형 집행일이 되니 그를 정말로 형장으로
끌고 가는 것이었고, 형장에 가 보니 정말로 시퍼런 칼을
든 집행관이 서 있는 것이었다.

집행관이 광대에게 무릎을 꿇게 하고 가리개로 눈을 가
렸다. 그러고 나서 목을 길게 내밀게 했다.
이윽고,
"그놈의 목을 쳐라!"

하는 날카로운 음성이 울려 퍼졌다.

그렇지만 그것은 모두 연극이었다.
임금은 그를 죽일 마음이 조금도 없었으므로
"쳐라!" 하는 순간,
광대의 목에 칼 대신 냉수 한 방울을 떨어뜨리도록
분부를 해 놓았던 것이다.
광대의 목에 칼 대신 차가운 물 한 방울이 떨어졌다.
임금은 껄껄 웃으면서,
"네 이놈, 다시는 농담을 함부로 하지 말렷다!"
하며 광대에게 고개를 들도록 했다.
그러나 그는 끝내 고개를 들지 않았다.
광대는 정말 죽어 버린 것이었다.

16대의 자동차

노르웨이의 어느 자동차 판매장에서 있었던 일이다.
하루는 작업복에 허름한 고무 부츠를 신은 젊은이가
판매장에 들어와 판매원에게 말을 걸어 왔다.
"자동차 16대가 필요합니다.
팔 수 있는 차가 있습니까?
있으면 모델을 보여 주시오."
그러자 이 판매원은,
"당장 나가 주시오. 나는 지금 바쁩니다.
농담할 시간이 없어요."
라며 더 이상 대꾸해 주지 않았다.

젊은이는 할 수 없이 길 건너 다른 판매장으로 가서 16대의
자동차를 사고, 현금 7만 7000달러를 한꺼번에 지불했다.
그는 얼마 전의 항해에서 청어 잡이에 크게 성공한 사람이
었다.
그와 함께 귀항한 16명의 승무원들은 푸짐한 보너스를 받았
는데,
디스카운트를 많이 받기 위해 16대의 자동차를 한꺼번에 구
입하기로 했던 것이다.

게으른 벌, 부지런한 벌

열 대 나라로 이민을 간 우리 나라 교포가 어느 날, 여왕벌을 따라 벌 떼가 모여 있는 것을 보았다.
그는 꿀을 따기 위해 벌통을 만들어 놓았다.
사시 사철 꽃이 있는 곳이므로 많은 꿀을 딸 수 있으리라 기대를 했다.
그러나 벌들은 새끼를 기르기 위한 약간의 꿀만 모을 뿐이었다.
그래서 그는 우리 나라의 꿀벌들을 가져다가 양봉을 시작했다.

첫해에는 많은 꿀을 땄다.
그 다음해에는 그 절반밖에 따지 못했다.
그리고 몇 년 후에는 꿀을 하나도 따지 못했다.
일년 내내 꽃이 있으므로 벌들은 구태여 꿀을 모을 필요가 없었다.
부지런하던 우리 나라의 꿀벌들도 금방 게을러지고 만 것이다.

샘물

사막 한복판에 커다란 나무 한 그루가 서 있었다.
그 나무 밑에서는 샘물이 솟아났다.
사막을 여행하는 사람들은 나무 아래 샘가에서 목을
축이고 쉬어 갔다.

그런데 그 샘물에는 임자가 있었다.
그는 샘물을 떠다가 나그네들에게 팔았다.

어느 날 아침 그가 일찍 일어나 보니
나뭇잎에 이슬이 내려 있었다.
주인은 그것이 이슬인 줄 모르고
나무가 샘물을 빨아 먹어서 그렇다고 생각했다.

그는 물을 많이 먹는 나무를 없애기로 했다.
나무가 먹는 물을 줄이면 샘물이 늘어나
돈을 훨씬 많이 벌 수 있을 것으로 믿은 것이다.

그는 나무를 베어 버렸다.
그러자 샘물은 곧 말라 버리고 말았다.

예수가 만난 사람들

예수께서 하루는 거리를 걷고 있었다.

그때 한 청년이 술에 취한 채 거리에 앉아 지나가는 사람들에게 시비를 거는 것을 보게 되었다.

예수께서,

"왜 그렇게 사느냐?"고 물었다.

술 취한 청년이 대답했다.

"나는 앉은뱅이였는데 당신이 고쳐 주셨소.

그래서 이렇게 건강한 몸으로 즐기며 살고 있습니다."

예수께서는 묵묵히 그 자리를 떠났다.

얼마를 더 가다가 아주 화려한 옷을 입고 길에서 사람들을 유혹하고 있는 여자를 만났다.

그 여자에게 왜 그렇게 사느냐고 묻자, 여인은

"나는 이전에는 죄인이었지만 당신이 용서해 주셨으니, 이제 더 이상 죄인이 아니지 않습니까?"라고 대답했다.

예수께서는 그 여인의 뒤를 따르는 청년에게

왜 그녀를 따르느냐고 물었다.

"나는 한때 소경이었는데,

당신이 내 눈을 뜨게 해주시지 않았습니까?

차라리 소경이었으면 이렇게 살고 있지는 않을 것이오."

오스카 와일드의 작품에 나오는 이야기이다.

지구의

아주 옛날 어느 마을에 학교가 처음 세워졌다.
어느 날 장학사가 그 학교를 방문했다.
교장 선생님의 안내로 과학실에 들어갔는데, 한 학생
이 신기한 듯이 지구의를 이리저리 돌려 보고 있었다.

장학사가 학생에게 다가가서 이렇게 말했다.
"지구의가 왜 한쪽으로 기울어 있지?"
이 물음에 학생은 다음과 같이 말하고는
재빨리 교실을 나가 버렸다.
"제가 안 그랬어요."

그는 실망하여 옆의 한 교사에게 똑같이 말했다.
"지구의가 조금 기울어 있지요?"
이 말을 들은 교사는,
"그거 사올 때부터 그랬어요."라는 것이었다.

장학사는 기가 막혀 교장 선생에게 물었다.
그랬더니 교장 선생의 대답 또한 걸작이었다.
"그거 국산품이라 그래요."

우정의 열매

한 소년이 호수에서 헤엄을 치던 중, 발에 쥐가 나는
바람에 위험에 빠지게 되었다.
살려 달라는 소리를 들은 농부의 아들이
생명의 위험을 무릅쓰고 뛰어들어 그를 구해 냈다.
그 후 그들의 우정은 깊어 갔다.
시골에 놀러 온 소년이 생명의 은인에게 장래의 희망을
물었더니, 의학 공부를 하고 싶다고 했다.
도시 소년은 그의 부모와 상의하여 의학 공부를 다 마칠
수 있도록 시골 소년을 힘껏 도왔다.
그 시골 소년이 바로 페니실린이라는 약을 발견한
알렉산더 플레밍이었다.
그는 1945년에 노벨상을 받았다.

그가 구해 주었고 그를 도와 준 도시 소년도 장성하여 홀
륭한 인물이 되었다.
그런데 그가 폐렴으로 쓰러져 생명이 위독하게 되었다.
그때 플레밍 박사가 발견한 페니실린이 급송되어
그를 다시 살려낼 줄이야!
플레밍 박사가 두 번이나 살려 낸 사람은
바로 영국의 수상이었던 윈스턴 처칠이었다.

제4부 돈이 보낸 편지

돈이 보낸 편지

당신은 언제나 나를 움켜쥐고는
나를 당신의 것이라고 말합니다.
그러나 따지고 보면, 당신이 나의 것이지요.
나는 아주 쉽게 당신을 지배할 수 있어요.
우선 당신은 나를 얻기 위해서라면
죽는 것말고는 무엇이든지 하려고 합니다.

나는 사람들에게 무한히 값지며 보배로운 존재입니다.
물이 없으면 한 포기의 풀도 살 수 없듯이,
내가 없으면 사람은 물론
이 세상의 모든 것들이 사라지고 말 것입니다.
회사도, 정부도, 학교도, 은행도….

그렇다고 내게 어떤 신비로운 생명력이 있는 것은 아
닙니다.
나는 혼자 힘으로 아무 데도 갈 수 없지만,
이상한 사람들과 수없이 만납니다.
그들은 나 때문에 서로 무시하고, 사랑하고, 싸우기도
합니다. 순전히 나 때문에 말이죠.
사람들에게 욕망이 없다면
난 어쩌면 아무 쓸모 없는 존재일지도 모릅니다.
그렇지만 나는 거룩한 일을 하는 사람들이나

가난하고 굶주린 이들을 돕는 선한 사람들,
환자들의 고통을 줄이려는 이들과도 만납니다.
나의 힘은 사실 무한하답니다.
부디 나의 노예가 되지 않도록,
조심스럽고 현명하게 나를 다루십시오.

오리 떼의 산책

영국의 궁성(宮城) 앞 도로에서
　　요란한 교통 정리가 있었다.
하얀 장갑을 낀 교통 순경이
호루라기를 불어 달려오는 차량을 모두 정지시켰다.
통행인도 모두 멈추었다.
자전거와 오토바이를 타고 가던 사람들도
발을 내려 놓고 경찰의 지시에 따랐다.
아마 어떤 행렬이 지나가는 모양이었다.
어떤 이들은 영국의 여왕이 지나가는 모양이라며
여왕을 보기 위해 그쪽을 쳐다보고 있었다.

이윽고 행렬이 지나게 되었다.
그러나 그 행렬은 여왕의 행렬이 아니라,
오리 떼의 행렬이었다!
아장아장 큰길가에 산책을 나온 것이었다.
오리들이 길을 건너게 하기 위해서
오리들의 생명을 보호해 주기 위해서
마치 여왕의 행렬이라도 되는 것처럼,
많은 차들과 행인들을 멈추게 했던 것이다.
만약 이 오리 떼들이 오늘 서울 한복판에 나타났다면
어떠했을까?

손가락질은 이제 그만

과 소비 문제가 심각하다,
　　　수출이 안 되서 큰일이다,
차 몰고 도로에 나가기가 겁이 난다,
자연이 죽으면 사람도 죽는다는데…,
부동산 때문에 못 살겠다,
향락 업소가 없어져야 해,
정말 큰일이야…,
당신도 요즘 이런 걱정을 하시죠?
그런 당신,
지금 당신의 씀씀이는 수입에 맞습니까?
당신의 집에는 외제 물건이 없습니까?
당신 때문에 도로가 막힌다고는 생각하지 않습니까?
당신은 도로에서 다른 차에 불편을 주지 않습니까?
당신의 집에서는 샴푸나 합성 세제를 쓰지 않습니까?
땅 사고, 집 사는 일에 당신은 정말 관심이 없습니까?
퇴폐 사우나, 퇴폐 이발관, 룸살롱…,
당신은 가지 않습니까?
당신은 정말 남들에게 손가락질할 자격이 있습니까?
남들을 향한 손가락질은 이제 그만하십시오.
손가락을 접든지,
손가락 끝이 당신을 향하게 구부리십시오.
제발 남 탓은 그만 합시다.

바로 당신 때문입니다.
"모두가 내 탓이오, 모두가 내 탓. 나부터가 이러니,
우리 집부터가 이러니 세상이 이 모양이지…."
모두들 가슴을 치며 이렇게 말해야 세상이 좋아집니다.

203

혀 요리

성미가 고약한 부자가 살고 있었다. 그는 하인들을 들볶고 욕을 잘하기로 소문이 나 있었다.
잘못을 하지도 않고 심하게 욕을 먹어 온 하인들이 주인을 한번 골려 주기로 하고 꾀를 냈다.
주인의 생일이 되어 잔치를 베풀게 되었다.
하인들은 소의 혀만 잔뜩 사다가 요리를 만들었다.
그 모습을 본 주인이 욕을 하면서
왜 비싼 소 혀로만 요리를 하느냐고 물었다.
하인들이 이렇게 대답했다.
"혀로 만든 요리가 가장 맛이 좋습니다."
이 말을 들은 주인은
제일 싼 것으로 하라고 일렀다.

한참 후에 주인이 가 보니
역시 소 혀로 요리를 만드는 것이었다.
화가 치민 주인이 호통을 치며 욕을 해댔다.
"이 놈들아! 비싼 음식도 혀로 만들고,
싼 음식도 혀로 만들면 어떡하나?"
이때 나이가 많은 한 하인이 말했다.
"화내지 마십시오.
주인께서는 같은 혀라도 쓰기에 따라 얼마든지 맛이 달라진다는 사실을 모르시기 때문입니다.

여기 두 가지 모두 혀로 만든 것이지만
하나는 최고급 요리이고 또 하나는 제일 낮은 음식입
니다.
요리는 재료가 문제가 아니라
어떻게 만드느냐에 달려 있습니다.
사람의 혀도 어떻게 쓰느냐에 따라
그를 훌륭하게 만들기고 하고, 그 반대로 만들기도 합
니다.”
이 말을 들은 주인은 하인에게 다시 맛이 훌륭한 혀 요
리를 만들라고 말했다.
그것도 아주 공손하게….

파업과 낚시

어느 공장에서 근로자들이 파업을 한 채 농성을 벌이고 있었다.
협상이 이루어지지 않고 있었다.
마침 그 공장의 생산품을 사용하는 고객이 지나다가
피켓을 들고 농성중인 아는 이를 만나게 되었다.
평소 낚시를 자주 다니던 사이였다.
"이런다고 무슨 소용이 있겠소. 우리 낚시나 떠납시다."
낚시 애기가 나오자 피켓을 든 이들 여럿이 따라 나섰다.
공장의 책임자도 낚시 도구를 들고 뒤를 따랐다.

큰 물고기들이 몰려 낚시질이 재미가 있었다.
모두들 마음이 즐거워졌다.
민어와 잔고기들을 낚으며
그들은 물고기에 대해 여러 얘기를 나누었다.
그러는 중에 파업에 관한 얘기도 주고받았다.

낚시를 마친 그들은 공장으로 다시 돌아왔다.
낚싯대와 릴을 밀쳐 놓은 그들은 다른 근로자들에게
그들이 타협한 조건에 대해 얘기했다.
다음날 사람들은 모두 일하러 공장에 나갔다.

처칠의 교통 위반

영국의 처칠 수상이 어느 날 국회에 나가 연설을 하기로 되어 있었는데, 다른 일로 늦게 되었다.
그래서 운전 기사에게 신호를 무시해도 좋으니 속력을 내라고 명했다.
곧 교통 순경이 달려와 차를 세웠다.
운전 기사는 당연하다는 듯이 말했다.
"수상 각하의 차요,
국회에 가는 길인데 시간이 늦어서 그러는 거요."
그러나 교통 순경은 뒷자리의 처칠을 힐끗 보더니 이렇게 말했다.
"수상 각하를 닮긴 닮았는데
처칠 같은 분의 차가 교통 위반을 할 리가 없소,
당신은 교통 위반에다 거짓말까지 하는군요.
면허증을 내놓으시오!"

처칠은 그의 엄격한 태도에 깊은 감명을 받았다.
그래서 경시 총감을 불러 그 교통 순경을
일계급 특진시켜 주라고 명령했다.
그러자 경시 총감은,
"경찰 조직법에 그런 규정이 없어서
특진을 시킬 수가 없습니다."
라며 딱 잘라서 거절하는 것이었다.

처칠은,
"오늘은 경찰한테 두 번씩이나 당하는군." 하면서도
만족스런 웃음을 터뜨렸다고 한다.

5분의 가치

영국의 유명한 정치가이며 나폴레옹을 이긴
웰링턴(A. W. Wellington) 장군은 시간 관념이
매우 철저한 사람이었다.

어느 날, 한 관리와 런던 다리에서 만나기로 약속이
되어 있었다.

그런데 웰링턴 장군은 정시(定時)에 약속 장소에 나가
5분이나 기다려야 했다.

웰링턴 장군이 5분이나 지각을 한 관리를 꾸짖자
그는, "각하, 겨우 5분밖에 늦지 않았습니다."라고 대답
했다.

그러자 웰링턴 장군은,
"겨우 5분이라고?

그러나 그 사이에 나의 군대는 패할지도 모르는 일이오.
5분이란 시간은 아주 중요한 것이오."라고 타일렀다.

다음에 그와 또 약속이 있었다.

그 관리는 이번에는 5분이나 일찍 나와서 기다리다가
"각하, 어떻습니까? 제가 5분 더 일찍 왔습니다."

그러나 웰링턴 장군은 역시 이렇게 꾸짖는 것이었다.

"당신은 시간의 가치를 모르는 사람이오.
5분이나 일찍 왔으니 아까운 시간 5분을 낭비한 것이오."

아. 나. 바. 다

우 물의 물도 자꾸 퍼내면 말라 버리듯
이 세상 모든 것에는 한계가 있습니다.
식량도 그렇고, 기름도 그렇고, 돈도 그렇고,
우리의 생명도 그렇습니다.
지금 지구 저편 아프리카의 수단, 모잠비크, 앙골라에서
는 먹을 게 없어 1500만 명이나 죽어가고 있습니다.
그들을 생각할 때,
요즘 우리의 무절제한 씀씀이는 '죄악'으로 여겨집니다.
아껴 씁시다.

다른 배고픈 사람도 못 먹게 밥을 국에 잔뜩 말아 놓고
다 먹지 못하고 남기는 일이 많습니다.
별 필요가 없으면서도 한꺼번에 물건을 많이 사들이고,
다 먹지도 못할 떡을 몽땅 싸 넣었다 상하게 하고,
다들 좁게 사는데 혼자만 넓은 공간을 차지하여 살고,
단수가 된다니까 혼자만 수돗물을 잔뜩 받으려 하고….
그래서 결국은 다른 사람을 애타게 합니다.
내가 덜 써야 남들도 쓸 수가 있습니다.
나눠 씁시다.

1회용도 아닌데 한번 쓰고 버리는 물건이 얼마나 많습니까.
특히 아이들 옷, 장난감, 학용품 등은 애들이 크면 금방

213

쓸모 없게 됩니다.
버리자니 아깝고 남에게 주자니 싫고….
그래서 깊숙이 처박아 놓은
롤러 스케이트, 수영복, 자전거, 의자, 유모차 등
이웃의 필요한 물건과 서로 교환합시다.
바꿔 씁니다.

어느 분임조가 복사기와 컴퓨터의 폐지량을 조사한 적
이 있습니다.
앞면만 인쇄된 고급 용지가 수없이 휴지통으로 들어갑
니다.
단 한번 쓰고 버리는 1회용 종이컵, 나무 젓가락, 대형
서류 봉투, 컴퓨터 용지….
다시 쓸 곳은 없는지.
다시 씁시다.

아껴 씁시다. 나눠 씁시다. 바꿔 씁시다. 다시 씁시다.

점원과 지배인

손님이 물건을 들고 와 백화점 점원에게 항의를 했다.
"옷을 사다 입어 보니 염색한 것이 변하고 칼라
가 검어집니다.
다른 것으로 바꾸어 주든지 반품해 주세요."
"우리가 이 옷을 수천 벌이나 팔았지만 이 같은 일은 처
음입니다. 바꾸어 줄 수 없습니다."
둘이 밀고 당기며 다투자 옆에 있던 다른 점원도 거들었다.
"그 값으로는 재료가 나쁠 수밖에요.
돈을 더 주고 더 좋은 걸 사시면 되잖아요?"
손님은 도저히 견딜 수가 없었다.
한 점원은 그의 정직을 의심했고,
또 한 점원은 자기의 자존심을 건드렸기 때문이다.
옷을 내팽개치고 돌아가려는 그에게 지배인이 다가왔다.
지배인은 그의 말을 처음부터 끝까지 아무 말 없이 들었다.
그리고는 점원들에게,
손님에게 만족을 줄 수 없는 상품은 팔지 말라고 타일렀다.
또한 손님이 원하는 대로 변상해 주라고 했다.
지배인의 말을 들은 손님은 화가 조금 풀렸다.
그래서 일 주일만 더 입어 보고 그래도 물건에 이상이 있
으면 다시 바꾸러 오겠다며 돌아갔다.
지배인과 점원은 역시 달랐다.

흑자 회의

이 세상에 완전한 생각은 없습니다.
어느 누구의 생각이 항상 옳거나 좋을 수도 없
습니다. 그래서 사람들은 어려운 문제가 생기면
여러 사람의 의견을 듣습니다.
여럿이 한자리에 모여 생각을 합치면 좋은 결과가 나
옵니다. 이런 걸 보통 '회의'라고 합니다.

우리는 직장에서 가정에서 사회에서 여러 회의를 갖습
니다.
그런데 회의에서 성과를 거두지 못하는 경우가 많습니
다.
이런 회의는
회의적(懷疑的)인 회의, 적자(赤字) 회의입니다.

목소리가 큰 사람만 말을 하기 때문에
지위가 높은 사람에게만 발언 기회가 주어지기 때문에
너무 오래 지루하게 끌기 때문에
결론과 결정이 이루어지지 않기 때문에
너무 자주 회의를 하기 때문에
안건을 몰라 미리 준비를 하지 못했기 때문에….

오늘부터 회의는 짧게,

말만 하기보다는 서로 경청하고, 듣기만 하기보다는
누구나 적극적으로 말하는 민주적인 회의를 합시다.
그래야 흑자(黑字) 회의가 됩니다.

세 종류의 사회

첫 째는 밀림의 사회이다.
　　 먹느냐 먹히느냐, 죽느냐 죽이느냐의 살벌한
투쟁이 벌어진다.
이 사회는 폭력과 투쟁의 법칙이 지배하는 약육 강식,
사생 결단의 사회이다. `

둘째는 스포츠 사회이다.
규칙을 지키며 정정 당당하게 싸워 공정한 심판으로
승패를 가린다.
법과 정의에 의한 경쟁과 투쟁의 사회이다.
이기는 자는 기쁘고 자랑스럽지만,
지는 자는 슬프고 괴로운 냉혹한 사회이다.

셋째는 교향악의 사회이다.
여기에는 투쟁도 없고 승자나 패자도 없다.
교향악에서는 모든 악기가 정연한 질서를 지키면서
절제된 소리로 협동과 조화를 창조해 낸다.

우리가 일하는 직장 사회가
약육 강식의 논리가 지배하는 살벌한 모습은 아닌지,
또 몇몇 스타들이 승패를 가리는 냉혹한 모습은 아닌지,

모든 개성이 참여하여 협동과 조화를 창조하는
교향악의 일터를 창조하자.

어느 크리스마스

크리스마스가 되어 교회에서
아이들끼리 선물을 교환하기로 했다.
정성스럽게 마련한 선물을 가운데 쌓아 놓고
산타 클로스가 한 사람씩 앞으로 불러내어 그것을 뜯
어 보게 했다. 모두들 무슨 선물이 들었을까 궁금해 하
며 포장 뜯는 걸 주시하고 있었다.
태어날 때부터 저능아인 아이도 거기에 앉아 있었다.
늘 아이들의 놀림감이 되곤 하던 그 아이도,
산타 클로스가 자기를 기억하리라 기대하며 아이들 틈
에 끼여 기다렸다.

맨 끝에 가서야 산타 클로스가 그 아이의 이름을 불렀다.
산타 클로스가 이름을 부르자, 아이들이 소리내어 웃
기 시작했다. 산타 클로스가 커다란 상자를 건네 주었다.
또 아이들이 웃었다.
아이는 상자의 뚜껑을 열었다.

아이들의 웃음 소리가 더 크게 났다.
그 안에는 아무것도 들어 있지 않았다.
누군가 이 아이를 놀려 주려고 한 장난이었다.
이 아이는 그 상자를 거꾸로 뒤집어 흔들어 보았다.
아이들의 웃음 소리는 더 커졌다.

그래도 아무것도 나오지 않았다.

아이는 텅 빈 상자를 안고 서럽게 흐느끼기 시작했다.

아이들이 선물을 안고 요란하게 웃으며 하나씩 밖으로 나갔다.

오색 등이 찬란한 크리스마스 트리 위로 함박눈이 펑펑 쏟아져 내리고 있었다.

아이의 눈물처럼….

그까짓 것

중국 춘추 전국 시대 노나라에 복부제라는 이가 살았다.

그가 어느 마을의 원님으로 있을 때
이웃 나라에서 쳐들어왔다.
복부제는 즉시 성문을 닫으라고 했다.
성문 밖 들에는 누렇게 잘 익은 곡식들이 추수를 기다리고 있었다.

백성들은 그 곡식이 아까워 원님에게 건의하였다.
"곡식을 적에게 넘겨줄 바에야 적이 오기 전에 모두 나가서 아무 밭에서나 우선 곡식을 거둬 들이도록 하는 게 좋겠습니다."
그러나 복부제는 그들의 청을 뿌리치고 성문을 닫아 걸었다.
백성들은 복부제를 원망하기 시작했다.

전쟁이 끝나자,
복부제는 적을 이롭게 했다는 혐의로 왕에게 불려 갔다.
왕은 왜 곡식을 적에게 그냥 넘겨주었느냐고 물었다.
복부제는 왕에게 이렇게 아뢰었다.
"일 년 동안 애써 지은 곡식을 적에게 빼앗긴 것은
참으로 아깝기 짝이 없는 일입니다.

222

그러나 급하다고 해서 남의 곡식을 마구 베어다 먹는
버릇이 생기면 그건 10년이 걸려도 고치기 어렵습니다.
'그까짓 것' 하는 마음이 결국 큰일을 저지르게 됩니다."
왕은 그의 높고 깊은 식견에 탄복해 마지않았다.

한 사람

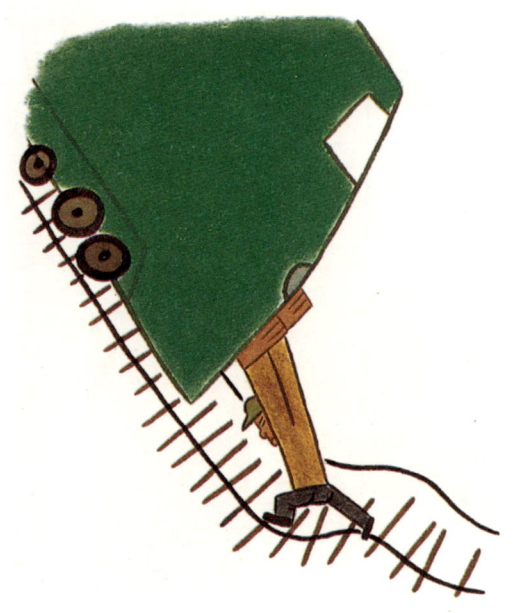

철 교 아래를 달리던 덤프 트럭이 철교를 들이받았다.

사고 현장에서 멀리 떨어진 곳에서 일하던 사람이 그 광경을 보았다. 현장으로 달려간 그는 철로가 심하게 휘어져 있는 것을 발견했다.

멀리서 열차가 달려오고 있었다.

그는 옷을 벗어 흔들며

열차를 향해 있는 힘을 다해 달려갔다.

그 열차는 부산발 서울행 제82 무궁화호였다.

기관사는 최선을 다해 속력을 줄였다.

다행히 대형 참사는 면했다. 그가 아니었다면 수십 명, 수백 명이 희생되었을지도 모른다.

대구의 나이트 클럽 방화 사건에 이어, 여의도의 자동차 폭주 사건으로 며칠 사이에 40여 명이 목숨을 잃거나 크게 다쳤다.

철교를 들이받고도 조치를 취하지 않아 대형 철도 사고를 낼 뻔했던 트럭 운전사도 한 사람,

대구의 나이트 클럽에 불을 지른 이도 한 사람,

자동차를 몰고 수많은 아이들을 덮친 이도 한 사람….

이 세상은,

단 한 사람에 의해 크게 달라질 수도 있는 것이다.

어느 노사 협상

어느 공장에서 서로 밀고 당기며 노사간에 협상을 하고 있었다. 노조측은 20%의 임금 인상을 요구했다.

회사측은 경영 사정으로 받아들일 수가 없다고 맞섰다.
노조측도 양보할 수가 없어 결국 교섭과 조정이 결렬 직전에 이르렀다.
양측이 회의를 끝내고 자리에서 일어설 무렵,
갑자기 폭우와 함께 천둥과 번개가 치기 시작했다.
양측은 하는 수 없이 다시 자리에 앉았다.

침묵이 흐르는 사이 공장 회의실의 지붕 틈에서 빗물이 새어 사장의 머리와 옷에 쏟아졌다.
그걸 바라본 노조 위원장이 벌떡 일어나 자신의 점퍼를 사장의 머리에 씌웠다.
"죄송합니다.
저희들 때문에 이런 봉변까지 당하시게 돼서…."
"아니오, 정말 고맙소.
난 당신이 회사와 나를 적으로 생각하는 줄만 알았소.
당신들의 진심을 알았으니, 요구한 것을 내 그대로 받아들이리다. 합의서를 이리 주시오."
사장이 주머니에서 도장을 꺼내 찍으려는 순간,
노조 위원장이 이를 막았다.

"사장님, 아직 도장을 찍지 마세요.
저희들도 내심 양보하려는 선이 있었습니다. 순간적인 감동으
로 도장을 찍으시면 회사의 경영이 어려워집니다."
"아니오, 내가 양보할 차례입니다. 20% 그대로 인상합시다."
"아닙니다. 사실은 15%도 과합니다…."

코끼리의 체념

밀림 입구에 사람들이 커다란 우리를 만들어 놓
고, 코끼리가 잘못하여 그 우리로 들어가면 큰
문으로 입구를 막아 버린다.
사람들은 코끼리의 발에다 튼튼한 쇠사슬을 매어 튼튼
하고 큰 나무에 묶어 둔다.
그리고는 우리를 치운다.
코끼리는 발에 묶인 쇠사슬을 끊기 위해 있는 힘을 다
쏟는다.
그렇지만, 제 힘으로는 쇠사슬도 끊을 수 없고
커다란 나무의 뿌리도 뽑을 수 없음을 깨닫게 된다.

그런 후, 끈으로 코끼리의 발목을 감아
약한 기둥에 묶어 두어도,
코끼리는 힘 쓰기를 포기해 버린다.

그리 어렵지 않은 일들

요즘 회사 근처의 약방이나 목욕탕이 호황이랍니
다.
그만큼 직장인들의 건강이 나빠지고 있다는 증거지요.
과로와 스트레스가 직장인의 건강을 해치는 주범일 겁
니다.
그렇지만 의사들은 운동의 부족을 더 큰 원인으로 꼽지요.
어쨌든 몸이 건강해야 합니다.
지치고 피로해지면 병이 나는 겁니다.
적당한 운동, 건강한 마음가짐이 중요합니다.

올해도 저물어 갑니다.
아침 출근 시간에 회사 근처의 약방에 한번 가 보십시오.
눈이 충혈되고 얼굴은 창백하고 지쳐 버린 표정의 직장
인들이 술냄새를 풍기며 피로 회복제를 찾느라 성시를
이룹니다.

올해도 이제 얼마 남지 않았습니다.
한 해의 마지막 달을 어떻게 보내시렵니까?

1. 살아오면서 단 한번도 남을 도와 보지 못한 이,
단 한번이라도 베풀어 보십시오.
2. 밤낮 남을 비방하는 이,

오늘만은 그저 남을 칭찬해 보십시오.

3. 항상 시간에 쫓겨 허둥대는 이,

단 하루만이라도 아침에 일찍 일어나 조깅을 하며 땀을 흘려 보십시오.

4. 아내에게 의존하는 남편,

이번 주말엔 손수 구두도 닦고, 이불도 개고, 고장난 전등도 바꾸고, 벽에 못도 박아 주고, 청소도 하고, 세탁도 한번 해보십시오.

5. 한 해 동안 마음의 벽을 높이 쌓아 올린 이,

그를 찾아가 화해의 술잔을 권해 보십시오.

6. 스포츠 신문의 만화만 탐독하는 이,

빈곤한 그대의 철리(哲理)를 밝혀 줄 괜찮은 책 한 권만이라도 읽어 보십시오.

설탕은 우선 입에는 달지만 장기를 해칩니다.

입에 단 책보다 쓴 책을 고르십시오.

7. 늦은 밤이나 이른 새벽에 퇴근하는 이,

오늘 하루만이라도 퇴근 시간에 곧장 귀가해 보십시오.

요즘처럼 살벌한 세상에 아내아 아이들이

어떻게 지내는지 궁금하지도 않으신가요?

나는 누구일까?

나는 얼굴이 없는 역사상 최대의 흉악범이다.
나는 역사상 한번도 체포된 적이 없다.

나는 건강한 사람을 환자로 만들 수 있다.
나는 멀쩡한 사람을 야수로 만들 수 있다.
나는 지혜로운 사람을 우매한 자로 만들 수 있다.
나는 돈이 많은 사람을 거지로도 만든다.
나는 장래가 촉망되는 젊은이를 당장 파멸시킬 수 있다.
나는 행복이 넘치는 가정을 불행하게 할 수도 있다.

나는 사람을 양처럼 온순하게도 할 수 있고,
사자처럼 난폭하게도 할 수 있고,
돼지같이 더럽게도 할 수 있으며,
원숭이같이 춤을 추고 노래부르게 할 수 있다.
나는 사람에게 실망도 주고 헛된 희망도 줄 수 있다.
나는 사람을 죽일 수도 있다.
지금까지 내 손에 쓰러진 사람은
역사상 모든 전쟁에서 쓰러진 사람 수보다도 많을 것이다.
아무도 나를 죽이지 못하지만
내 힘을 약하게 하는 것은 자제력과 맑은 물뿐이다.

나는 술이다.

동물의 왕국

이 번 휴가 어땠어요?
가는 곳마다 길이 막혀 고생이 많았죠?
차가 워낙 많기도 하지만, 교통 질서를 지키지 않아 체
증이 더 심했다고들 해요.

좁은 도로 옆에 차를 세워 놓아 2차선이 일방 통행이
되고,
혼자만 빨리 가려고 다른 사람의 목숨까지 위협하고,
창 밖에 쓰레기를 내던지고….
여간 짜증스러운 게 아니죠.

산, 바다, 계곡, 강은 어땠구요.
가는 곳마다 쓰레기, 음식 찌꺼기, 비닐, 음료수 깡통
으로 뒤덮여 있더군요.
고성 방가, 고스톱, 싸움 소리로 밤에는 잠도 못 잘 정
도였어요.
맑은 계곡 물에다 빨래를 하고, 방뇨를 하고,
음식물과 쓰레기를 버리는 이들이 많더군요.
하류에선 그 물로 밥 해 먹고, 찌개 끓이고, 커피 타 마
시고….
한마디로 휴양지가 쑥밭이더라구요.

무엇 하나 도를 넘지 않는 게 없고,
무엇 하나 제대로 남겨 두는 게 없어요.
온 나라가 쓰레기 냄새와 무질서로 진동한
뜨거운 여름이었습니다.
실망과 좌절과 짜증뿐인 휴가였어요.
이건 아예 '동물의 왕국'이지….

당신은 어땠습니까?
지금 우리 공동체를 지탱하는
아주 중요한 '무엇'이 무너져 내리고 있습니다.
"반성하라! '동물의 왕국'이 가까웠느니라."

제5부 해와 달과 바람

한 가닥의 실

커다란 굴뚝이 완성되고, 사람들은 그걸 짓기 위해 설치한 작업대를 제거하고 있었다.

오직 한 사람만이 굴뚝 위에 남아 밧줄을 타고 내려오기로 하고 굴뚝 위에 남아 있었다.

그런데 사람들은 그만 밧줄을 꼭대기에 남겨 놓지 않은 채 다 내려가 버리고 말았다. 큰일이었다.

이제 뛰어내리는 길밖에 없었다.

굴뚝에 혼자 남은 그는,

절망과 두려움으로 어쩔 줄을 몰라했다.

사람들이 많이 모여들었지만 밧줄을 굴뚝 꼭대기까지 던져 올릴 수는 없었다.

그때 그의 아내가 외쳤다.

"당신 양말을 벗어서 실을 풀어 보세요."

그는 하라는 대로 양말을 벗고 실을 풀었다.

"그걸 길게 이어서 아래로 내려 보내세요."

많은 사람들이 숨을 죽이고 그 장면을 지켜보았다.

실이 거의 내려오자 그의 아내는 거기에다 가늘고 질긴 삼실을 묶었다.

"이제 끌어올리세요."

삼실이 그의 손에까지 올라갔다.

이번에는 그 삼실에 밧줄을 이어 묶었다.

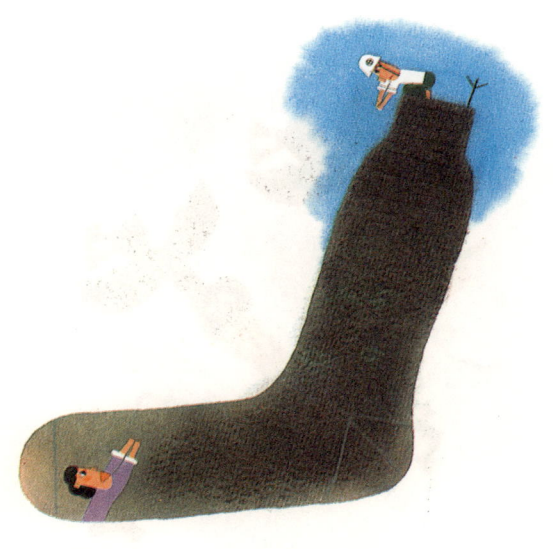

그가 밧줄을 손에 넣었다.
밧줄을 튼튼히 꼭대기에 묶어 맨 그는
긴장 속에서 무사히 밧줄을 타고 내려왔다.
그는 울면서 아내를 안았다.
보잘것없는 한 가닥의 실이 생명을 구한 것이다.

개구리의 자만

어 느 연못에 개구리 한 마리와 오리 두 마리가 살
고 있었다.
이들은 퍽 다정한 사이여서 언제나 같이 지내곤 했다.
그런데 여름이 되자 연못의 물이 마르기 시작했다.
이제 물이 얼마 남지 않았기 때문에
그들은 그곳을 떠나기로 했다.

오리는 날개가 있으므로 날아서 가면 되지만,
개구리는 어떻게 해야 할지 고민이었다.
개구리와 오리는 서로 떨어지기 싫어 궁리를 하다가
좋은 방법을 생각해 냈다.
두 마리의 오리가 막대기의 양 끝을 부리로 물면,
개구리가 막대기의 가운데를 입으로 물고 매달리기로
했다.
그들은 그렇게 다른 연못을 향했다.

그들이 날아가고 있는데
들에 있던 농부가 감탄을 하면서 말했다.
"아주 영리하구나, 누가 그런 생각을 해냈을까?"
그 말을 들은 개구리가 대꾸했다.
"바로 내가 했지!"

못된 개구리

개구리와 쥐가 살고 있었다.
쥐는 물 속에 들어갈 수가 없기 때문에 언제나
개구리가 연못 밖에 나와서 함께 놀곤 했다.
그러던 어느 날,
개구리는 몹시 심심하여 쥐를 골려 주기로 했다.
개구리는 쥐에게,
자기는 땅 위에서 그다지 빨리 다니지를 못하니까 발
한쪽씩을 끈으로 묶어 두자고 제안을 했다.
개구리와 쥐는 발 한쪽씩을 끈으로 묶고 나서
보리밭이며, 큰길가에서 재미있게 놀았다.

그런데 갑자기 개구리가 연못가로 가까이 다가갔다.
쥐는 걱정이 되어
"안돼! 나는 물에 들어갈 수가 없단 말이야."
하고 소리를 쳤지만,
개구리는 들은 체도 않고 물 속으로 풍덩 뛰어들고 말
았다.
그 바람에 개구리와 발이 끈에 묶여 있던 쥐는,
물에 빠져 허우적거리다가 그만 죽어 버리고 말았다.

그때 하늘을 날던 솔개가 물 위에 떠 있는 쥐를 발견하
고는 이게 웬 떡이냐며 쥐를 채어 올렸다.

그러자 다리가 묶여 있던 개구리도 쥐와 함께
공중으로 딸려 올라갔다.
놀란 개구리가 큰소리로 살려 달라고 외쳤지만,
솔개는 더욱 높이높이 솟아올랐다.

우산 장사와 짚신 장사

우산 장사와 짚신 장사를 하는 아들을 둔 어머니
가 있었다. 이 어머니는 두 아들의 상반된 장사
업종 때문에 매일매일 근심과 걱정으로 살아가고 있었
다.
날이 개고 햇볕이 쬐는 날이면
큰아들의 장사가 안 될 것을 걱정해야 했고,
비가 쏟아지는 날이면
짚신을 파는 작은아들의 장사를 걱정해야 했다.
딱한 노릇이었다.
이 어머니는 해가 떠도 걱정, 비가 와도 걱정이었다.

그런데 어느 날, 한 사람이 찾아와
근심과 걱정에서 헤어날 방법을 가르쳐 주었다.
해가 뜨면 작은아들의 장사가 잘될 것을 기뻐하고,
비가 오면
큰아들의 장사가 잘될 것을 기뻐하라는 얘기였다.
과연 그렇게 생각하니 비가 와도, 해가 떠도 걱정이 없
게 되었다.
이렇게 안 되면 저렇게 생각하고,
이런 면이 나쁘면 다른 좋은 면을 볼 수 있는 것은
우리 삶에 있어 훌륭한 지혜가 된다.

생쥐와 사자

사자 한 마리가 사냥꾼에게 잡혔다.
사자의 울음 소리를 듣고 생쥐 한 마리가 급히
달려왔다.
밧줄에 묶여 있는 사자 앞에서 생쥐는 자신의 왜소함
을 잠시 잊고 동정 어린 목소리로 물었다.
"자네, 내가 도와 줄 일은 없는가?"
이 말에 사자는 가소롭기도 하고 약이 올라 으르렁댔다.
그러자 생쥐는,
"날 무시하지 말게. 난 자네를 구해 줄 수도 있어."
라고 거만을 떨었다.
생쥐는 이빨로 사자를 묶은 밧줄을 갉기 시작했다.
사자는 생쥐 덕분에 밧줄을 풀고 자유의 몸이 되었다.
사자는 생쥐에게 고맙다며 평생 같이 살자고 했다.

맹수의 친구가 된 생쥐는 그날 저녁 융숭한 대접을 받았다.
사자네 집에서 열린 파티에서 생쥐는 으스대며
사자들과 어울려 이것저것 맛있게 먹었다.
사자들이 권하는 술잔도 받아 마셨다.
기분이 알딸딸해진 생쥐가 파티에 참석한 좌중을 돌아
보며 떠벌리기 시작했다.
"저 바보가 덩치만 컸지, 밧줄에 묶이니까 형편없더라
구요. 벌벌 떨고 있는 걸 내가 구해 주었지.

완전히 죽은 목숨 하나를 내가 살려준 거지…”
이 말을 들은 사자는
화가 치밀어 무시무시한 발로 생쥐를 내리치고 말았다.

해와 달과 바람

어느 날 해와 달이 말씨름을 하고 있었다.
해가 말했다.
"나뭇잎은 초록색이다."
달이 말했다.
"나뭇잎은 은빛이다."
달이 또 말했다.
"사람들은 언제나 잠만 잔다."
해가 말했다.
"사람들은 언제나 움직인다."
달이 말했다.
"그럼 왜 땅이 그리 조용하냐?"
해가 다시 말했다.
"땅은 언제나 시끄럽던데, 뭐가 조용해?"

그때 갑자기 바람이 나타나더니 딱하다는 듯이 말했다.
"나는 하늘에 해가 떠 있을 때나 달이 떠 있을 때나
세상을 다녀 봐서 잘 안다.
해가 세상을 비추는 낮에는 해가 말한 대로 세상이
시끄럽고, 사람들이 모두 움직이고,
나뭇잎은 초록색이지.
그러나 달이 세상을 비추는 밤이 되면 사람들은 잠을 자고,
온 땅이 고요해지며, 나뭇잎은 은색으로 보인단다."

당나귀의 지혜

당 나귀 한 마리가 풀을 뜯어 먹고 있었다.
그때 늑대 한 마리가 옆으로 다가왔다.
당나귀는 깜짝 놀랐지만 이미 때가 늦은지라
마음을 진정시키고 살아날 방법을 궁리했다.

당나귀는 한쪽 다리를 저는 시늉을 하면서
계속 풀을 뜯어 먹었다.
늑대는 그런 당나귀가 이상했던지 한마디 물었다.
"왜 도망을 가지 않지?"
당나귀는 이렇게 둘러댔다.
"발에 큰 가시가 박혀서….
날 잡아먹으려면 발의 가시부터 빼야 할 거야.
안 그랬다가는 그 가시가 네 목에 걸릴 걸…."

늑대는 할 수 없이 당나귀에게 발을 들어 보라고 했다.
그리고 박힌 가시를 찾으려고 당나귀 발바닥을 들여다
보았다.
바로 이때 당나귀는 있는 힘을 다해
늑대의 얼굴을 발로 차 버리고는 달아났다.

어리석은 까마귀

힘이 센 독수리 한 마리가 바위에서 날쌔게 내려 오더니, 들판에서 놀고 있던 새끼 양 한 마리를 채어 갔다.

그때 마침 까마귀 한 마리가 나무 위에 앉아서 그 광경을 보고, "야! 멋진 솜씨다."라고 감탄했다.

까마귀는 독수리가 부러웠다.

그래서 자기도 독수리 흉내를 내어 보기로 하였다.

"그 정도라면 못할 것도 없지."

마침 새끼 양 한 마리가 지나가는 것이 보였다.

나무 위에 앉아 있던 까마귀는

새끼 양을 향해 날쌔게 날아 내려와

두 발톱을 새끼 양의 등 털 속에 깊이 박았다.

그런데 새끼 양이 너무 무거워 까마귀의 힘으로는 도저히 들어올릴 수가 없었다.

게다가 발톱이 양털에 감겨 다시 뺄 수도 없었다.

까마귀가 새끼 양의 등에서 퍼덕이고 있을 때,

양치기가 그만 그 까마귀를 사로잡고 말았다.

밧줄 도둑

저람 은 남자가 남의 재물을 훔친 죄로 감옥에 잡혀 왔다.

감옥에 갇힌 또 다른 죄수가 그에게 물었다.

"당신은 무슨 죄를 지어 여기에 잡혀 왔소?"

도둑으로 잡혀 온 젊은이는 이렇게 물었다.

"내가 길을 걷고 있는데

웬 밧줄이 하나 놓여 있었습니다.

나는 그게 별것 아니라고 생각되어 집으로 가져 왔죠.

근데 그것이 문제가 되어 이같이 잡혀 왔지 뭐요."

이 말을 들은 다른 죄수들이 되물었다.

"아니, 밧줄 하나 가져 온 게 무슨 죄란 말이오?"

"글쎄, 밧줄에 다른 무엇이 달려 있었지 뭐요."

"그게 무엇인데?"

"뭐 별것은 아니고, 작은 황소 한 마리였소."

"…"

양의 탈을 쓴 늑대

늑대 한 마리가 우연히 양가죽을 구했다.
늑대는 그것을 입고 집으로 돌아왔다.
부모 늑대가 보더니
'양의 탈을 쓴 늑대'라며 당장 벗어 버리라고 했다.

늑대는 양의 탈을 뒤집어쓰고
양들 사이로 들어가 양들과 어울려 놀았다.
그렇게 하다가 양들을 잡아먹을 셈이었다.
늑대는 진짜 양처럼 보이기 위해 행동을 조심했다.
다른 양들과 함께 풀도 뜯어 먹고
다른 양들과 함께 섞여 잠도 잤다.

그렇게 얼마를 지내다 보니
늑대는 풀 맛이 고기보다 맛있게 느껴졌다.
양들의 평화로운 생활도 좋았다.
늑대는 그래서 죽을 때까지 양들과 함께 살았다.

고양이와 강아지

고 양이와 강아지가 사이 좋게 살고 있었다.
어느 날 고양이와 강아지는 배가 고파 먹을
것을 찾아 나섰다.
드디어 길가에서 먹음직한 고깃덩어리를 하나 발견했다.
그러자 강아지가 고깃덩어리를 얼른 입에 물었다.
그리고는 자기가 먼저 고기를 입에 물었으니
고기는 자기 것이라고 했다.
이를 본 고양이는 고기는 자신이 먼저 발견하였으므로
자기 것이라고 했다.

마침 여우 한 마리가 그 옆을 지나가다 그 광경을 보고
고기를 공평하게 나눠주겠다고 나섰다.
여우가 고기를 반으로 나누고 보니 고양이 몫이 조금 컸다.
그러자 강아지가 항의를 했다.
여우는 하는 수 없이 고양이 몫의 고기를 조금 먹었다.
이번에는 고양이가 자기 몫이 줄었다고 항의했다.
여우는 다시 강아지 몫의 고기를 조금 뜯어 먹었다.
다시 강아지가 항의를 했다.
여우는 다시 고양이의 몫을….
그러다 보니 어느새 여우가 고기를 거의 다 먹고 말았다.

서로 욕심을 부리다가 그만 엉뚱한 여우에게

고기를 다 빼앗기고 만 고양이와 강아지는, 그 후에도 만나기만 하면 으르렁대며 싸우는 사이가 되고 말았다.

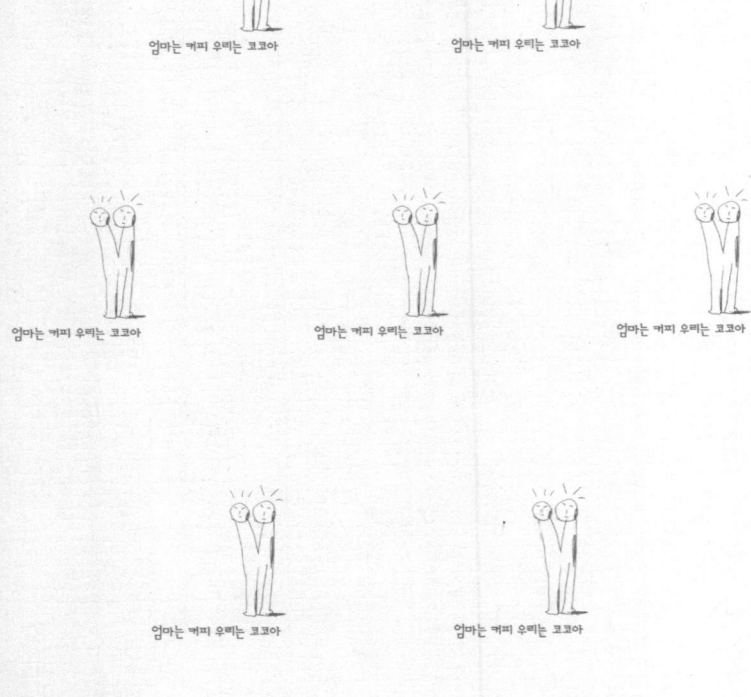

엄마는 꺼피 우뤼는 코코아   엄마는 꺼피 우뤼는 코코아

엄마는 꺼피 우뤼는 코코아   엄마는 꺼피 우뤼는 코코아   엄마는 꺼피 우뤼는 코코아

엄마는 꺼피 우뤼는 코코아   엄마는 꺼피 우뤼는 코코아

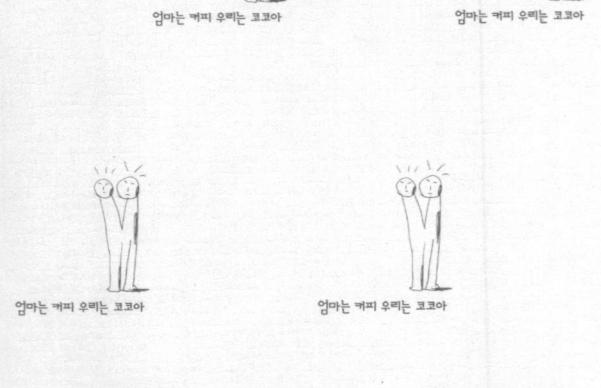

엄마는 꺼피 우뤼는 코코아   엄마는 꺼피 우뤼는 코코아   엄마는 꺼피 우뤼는 코코아